OMNIBUS

Diana Chiarin

LE SIRENE DELLA NOTTE

Romanzo

MONDADORI

Questo libro è un'opera di fantasia. Personaggi e luoghi citati sono invenzioni dell'autrice e hanno lo scopo di conferire veridicità alla narrazione. Qualsiasi analogia con fatti, luoghi e persone, vive o scomparse, è assolutamente casuale.

mondadori.it

Le sirene della notte
di Diana Chiarin
Collezione Omnibus

ISBN 978-88-04-77064-0

I edizione aprile 2024

LE SIRENE DELLA NOTTE

A mia madre.
Ti amo.

Da pesce di scarto a sirena.
Ci sono quelle come me, un po' sirena
e un po' pesce di scarto.
Quelle come me, a volte mostro e a volte Dea.
Ci sono donne come me. Come noi.

Io – Denis

Mi chiamo Denis.

La "e" finale del mio nome si è persa il giorno in cui mio padre, quarantacinque anni fa, mi ha iscritta all'anagrafe di Mestre. Pioveva, quel giorno, quando è entrato nell'ufficio dichiarando che era nata Denise.

"Ecco un altro delle baracche" avrà pensato l'impiegato, perché da noi i nomi esotici li danno i poveri, quelli delle case popolari, appunto.

Giudecca, il Cep di Campalto, molte zone di Marghera traboccano di Deborahconlacca, Uilliam, Elvis, Maicol e Catia, nomi che spesso hanno subito quasi la stessa sorte del mio, scritti inseguendo un'improbabile pronuncia o vedendosi sostituire le grafie corrette con altre più proletarie.

Mi chiamo Denis e, a parte il nome, tutto il resto è femmina.

Dicono che l'identità di un luogo tende a determinare chi sei, o che tipo di persona sarai crescendo. Io sono nata a Mestre, una città che non è né carne né pesce e che mi somiglia in modo viscerale. Mestre non è niente. Né bella e nobile come la zia di là dalla laguna, né sintetica e futurista come la regina delle fabbriche. No, Mestre non ha un lignaggio interessante. Però ha dei pregi. Non è supponente e piena di sé, perennemente con il fazzoletto sotto il naso, o madre prolifica di ecomostri. Mestre è Mestre. Una frontiera, un crocevia in cui sosti per dormire a poco prezzo quando non puoi permetterti nemmeno la più mediocre delle locande veneziane; o il punto da cui parti perché costa meno parcheggiare qui che altrove. È un posto di cui non senti la nostalgia, ma che incuriosisce se qualcuno ne parla, perché a Mestre non capita mai nulla, e quando invece capita pare strano, come a dire: "Che buco di merda dove morire". È una frontiera, dunque, e ha anche un nome decente. Io, che amo i suoni e le parole, credo che Mestre sia accettabile. Poteva andarmi peggio, potevo nascere a Brugine, a Bagnoli o a Cogne, a Negrar o a Gradoli. Non ho niente contro questi posti, è che certe parole mi mettono a disagio. Sono parole che non uso mai perché mi fanno urlare di disperazione, come "cagna" o "negro". Ci sono quelle GN o GR che mi fanno accapponare la pelle. Non è questione di etica o di correttezza, non mi piacciono proprio. Dire "neri" o "negri" per me è la stessa cosa, solo che "nero" mi sembra meglio, più elegante.

Io sono come questa città. La sento casa mia. Non bella, ma nemmeno così brutta. Passabile. Piena di risentimento. Intelligente, ma non abbastanza. Cinica, ma di un cinismo di rimbalzo, di difesa.

Che poi io, Mestre, la amo e la odio, un po' come si ama e si odia una madre disfunzionale, di quelle che ti buttano addosso tutte le loro idiosincrasie.

È una città che nemmeno sa di esserlo: ne ha lo status legale, e lo è a tutti gli effetti, ma le hanno insegnato che no, la città è Venezia, e lei è qualcos'altro. Per i vecchi veneziani è la campagna, per i turisti è solo uno scalo, è il dormitorio di lusso per chi lavora a Marghera. Ma non per i proletari, che dormono direttamente a ridosso delle fabbriche, separati in casa solo da un viale alberato, via Fratelli Bandiera, che poi è dove lavora Anja, dove i camion passano le ore di fermo; e poco più in là, verso la Rana, ci lavoro io.

Per Marghera non provo niente. Ci lavoro, è vero, ma davvero non provo niente. È come quelle cugine di sesto grado che vedi solo ai funerali o che ritrovi su Facebook perché avete lo stesso cognome.

Io sono fatta di tutto questo: del vento carico di diossina, degli scarichi delle fabbriche di notte, dell'asfalto rovinato dalle ruote dei tir. Sono fatta di quest'aria salmastra, di zanzare e gabbiani o, meglio ancora, di *mussatti* e *cocài*, come si dice qui. Sono fatta di questi alberi che non abbelliscono niente, di bengalesi che vendono frutta, di spiagge dei poveri a Punta Fusina. Sono fatta di referendum Venezia-Mestre sì o Venezia-Mestre no. Sono fatta di sputo e sangue di questo Nordest che si riempie la bocca con la propria identità di trenino economico, che ancora ritiene l'università inutile, perché tanto i laureati vanno a fare gli spazzini. Sono fatta di cemento, di melma di laguna, sono fatta di Mose, di morti per amianto, di moto ondoso, di grandi navi. Sono fatta di operai, di fabbriche e di ristoranti cinesi, di moschee dentro ai capannoni commerciali. E sono fatta anche di volontà, di tentativi a volte fallimentari altre volte vincenti, di librerie chiuse, di discoteche vuote, di spritz che costano meno di tre euro. Sono fatta di Mestre e della sua sostanza.

Quando giro da sola per la città, finisco sempre negli stessi posti, e ci rimango male se certi punti di riferimento chiudono o scompaiono per la crisi, perché il proprietario se ne è andato in pensione o ha venduto, o semplicemente perché le piazze sono fatte così, cambiano d'aspetto, a volte ringiovanendo, altre, invece, imbruttendosi senza speranza.

Di cambiamenti, in questa città, ne ho visti tanti, a cominciare dalla piazza che adesso è isola pedonale, ma dove prima passavano auto e bus: sembrava davvero l'ombelico del mondo, o almeno del mio micromondo. Da lì prendevi la corriera per andare a Venezia, ma anche quella che la domenica pomeriggio portava i bocia in discoteca al Ranch o al King. Lì c'era Canton, il posto con la migliore mozzarella in carrozza, nessuna così buona. Il Marzenego scorreva sotterraneo, e quel parvenu dell'Osellino spadroneggiava fingendosi fiume, quando in realtà era un semplice canale artificiale, neanche tanto bello da vedere. Il mercato del pesce era un ammasso di baracche di latta che di sera puzzavano di acqua stagna e detersivi.

A un certo punto si è tentata la riqualificazione: via le macchine, il fiume ha rivisto la luce, sono comparsi una fontana e, di recente, un mercato coperto.

Tutto questo è costato tanto. Ci sono voluti anni perché le persone accettassero l'idea della piazza come luogo dove andare a piedi, dove rallentare, e nel frattempo i negozi morivano, sciamavano altrove. La città è anche questo: fa e disfa, si pente e cerca di redimersi. Ecco perché penso che Mestre sia come me, perché entrambe di scempi sulla nostra pelle ne abbiamo commessi tanti, fin troppi. Ci siamo ferite, abbiamo permesso che ci ferissero. E adesso eccoci qui, bruttarelle ma sincere, e armate di tanta buona volontà.

Anastasìa che fa rima con fantasìa

«Anastasìa che fa rima con fantasìa!»

Così si era presentata la prima volta, calcando le "i" con il suo divertente accento sudamericano.

Anja è davvero un essere interessante. Per vivere fa la puttana, ed è una transessuale.

All'inizio, capitava che mi chiedesse un passaggio per tornare a casa. Sceglieva me perché sapeva che non avrei voluto niente in cambio. Niente sveltina o pompino per una manciata di chilometri.

«Te sei gentile, amor, te non vuoi niente da me.»

Con il tempo, darle un passaggio è diventata un'abitudine.

Quando è molto stanca parla in continuazione, mi racconta cosa succede sulla strada, come la trattano le altre puttane e come gli uomini trattano non solo lei e le transessuali in generale, ma anche le donne. Come pezzi di carne. Anja mi fa una gran tenerezza. Le voglio bene, a modo mio ovviamente. Se dovessi definire il sentimento che provo, userei la parola affetto.

Che le donne mi piacciono più degli uomini l'ho già detto?

Certo, non tutte, non sempre; ma se provo un senso di curiosità verso qualcuno, è quasi sicuramente una donna.

Mi piacciono anche gli esseri in evoluzione, i *Female to Male* o le transessuali. Gli uomini, be', ho abbandonato da un po' la speranza di inglobarli in modo sensato nella mia vita.

Ecco, in questo l'essere realista mi è stato utile. All'inizio, come molte, mi innamoravo, stavo male, mi lasciavo spesso umiliare. Soprattutto quando ero adolescente e il concetto di body shaming non era ancora stato inventato. Non esistevano Facebook e i social, e a ferirmi erano parole vere, sparate in faccia: "grassona", "cicciona", "porco su due zampe" erano i complimenti più utilizzati sia dalle ragazze che dai ragazzi.

Crescendo, si impara a non risuonare quando quel campanello, quello dell'insulto, viene pigiato.

Una volta ho letto un aforisma indiano che dice più o meno: "Non è il veleno del serpente che ti uccide, è il tuo sangue che lo manda in circolo".

Basterebbe comprendere che le parole, per quanto malvagie, non possono ammazzarti, ma che è lo spazio che dai alla loro malvagità a far del male; forse allora capirei, anzi, no, capiremmo entrambe, che alla fine le parole sono solo lo specchio di chi le dice, della piccolezza umana, della povertà di chi le pronuncia.

Poi ho imparato a non farmi coinvolgere. È stato abbastanza facile, il mio carattere schivo mi ha aiutata, ma l'effetto collaterale è questo disprezzo generalizzato verso gli esseri umani. Mi ci sono voluti anni per trovare una specie di orgoglio da persona obesa, anni per far capire a tutti che io ero io, e non il peso che mi portavo addosso.

Un giorno, ho deciso di cambiare, di modificarmi. Oh, niente rivalsa, niente rinascita, niente di niente. Semplice scelta: lasciarsi morire seppellita dal grasso o provare a vivere, nonostante tutto. Ero arrivata alla soglia dei centosessanta chili. Centosessanta. Sono tre donne di peso medio; due uomini in forze; almeno cinque bambini di dieci anni. Per questo mi piace chi ha il coraggio di cambiare. Chi, come me, a un certo punto smette di essere vittima e inizia a scavare per cercare delle risorse.

Per questo amo Anja. Perché lei è ancora nel limbo.

Anja mi vede bella e me lo dice spesso: «Sei bella, meu amor». Poi, a scanso di equivoci, aggiunge: «E non parlo di bella dentro».

Fa la sua battutaccia e ride come faceva la Carrà, tirando indietro la testa in modo plateale.

«Dimmi la verità, mi prendi per il culo?»

«No, amor. Solo che a volte te mortifichi.»

Ha ragione. Il lavoro che faccio non richiede particolare cura e a lungo andare ci si abitua ad avere un aspetto trasandato.

«Denise, sei troppo critica con te stessa. A volte, basta un po' de colore. Te sei sempre vestida de nero.»

«Anja, se metto del colore addosso la pelle inizia a squagliarsi. E poi il nero è un classico.»

«Sì, sì, meu amor, un classico por Morticia.»

Del suo passato, Anja non parla molto. Ha trent'anni, e fino ai ventidue ha nascosto la propria disforia di genere ai genitori; poi la fuga dal Brasile per studiare all'estero e l'inizio della transizione. Anja è tutta femmina, tranne il pezzo di carne che la inchioda ad Angel.

«Se pronuncia "Anghél", con la G come Hegel, meu amor» mi aveva corretto una volta, sorprendendomi come sempre.

«Conosci Hegel?»

«Certo, amor. Ora faccio la puttana, ma sono arrivata in Italia per studiare all'università.»

Con me non usa quasi mai la voce acuta che contraddistingue la sua personalità femminile; mi parla con il tono caldo e cantilenante di Angel, la sua vera voce, quella che credo appartenga anche ai suoi pensieri. Deve essere stata un'adolescente gentile, lo si sente dal modo in cui, lentamente, cerca le parole giuste, parole che contengano un sentimento.

Anja e io siamo diventate amiche un po' alla volta, nei brevi passaggi che mi scrocca al termine della sua nottata sul viale. E in quei tratti di strada abbiamo imparato la confidenza. È diventato una specie di rito mandarle un messaggio per avvisarla che devo uscire per le consegne. Se è troppo presto, ci prendiamo un caffè al food truck di Antonio; se invece è l'alba, la accompagno fino a casa, un residence dignitoso in zona stazione. In quei casi, la lascio all'ingresso e aspetto che lei si richiuda la porta alle spalle, perché lì intorno c'è sempre brutta gente.

Questo gesto la colpisce molto. Non è abituata a trovare chi si prenda cura di lei, la vedo sempre da sola. Come me. Ed è forse questo che ci ha avvicinate.

A volte se ne esce con qualche frase che me la racconta in quella vita di prima che non conosco. Forse non ne è consapevole, io mi limito ad ascoltare cercando di unire i frammenti rari che mi regala.

«Sono disforica sai? Sono una donna dentro il corpo de un uomo, mia cara.» Nelle sue parole c'è un dolore profondo, nero. Una specie di babau che la spaventa e che combatte colorandolo con glitter e con labbra rosso Dior. «Hai presente quelle ragazze anoressiche che se vedono grasse allo specchio?»

Conosco bene la sensazione di essere in un corpo sbagliato, residuo di una vita da obesa. Annuisco.

«Bene, io me sento donna, e poi quel dannato specchio me dice che sono questo!» la sua voce si rompe, mentre indica sé stessa.

«Hai mai pensato di operarti, Anja?» le chiedo, in un istante di confidenza.

«Certo, meu amor, ma poi?»

«Poi saresti completa, almeno credo.»

«No, Denise, sarei una puttana come tutte le altre.»

Lei è l'unica che mi chiama così, completando il mio nome.

«Denis non è un nome adatto a una donna, e non è adatto a te. Te chiami Denise, meu amor, para mim tu sei Denise.»

Quante cose abominevoli possiamo fare al nostro corpo. Io ne ho fatte, Anja ne ha fatte, ogni donna ne fa. Cerchiamo di assomigliare a qualcosa che nella nostra testa è perfezione, ma che nei fatti ci rende ibride, snaturate, delle sirene, metà animale e metà donna, esseri belli nell'immaginario, eppure, se li si guarda bene, senza filtri, al netto delle fantasie, nient'altro che mostri.

Come posso spiegare il disprezzo che provo per gli esseri umani senza risultare offensiva? Non voglio esserlo, offensiva intendo; anzi, sono una persona diretta, incapace di metaletture, e dunque non c'è mai intento doloso nelle mie manifestazioni di fastidio verso gli altri. Temo però che non ci sia davvero un altro modo di dirlo e, sebbene io tenti di non offendere, c'è sempre chi si sente giudicato o, peggio, respinto.

Nonostante qualcuna la trovi interessante, non mi capita di frequentare molte donne. Un po' per scelta, un po' per caso, un po' per la vita che faccio. Ad alcune piaccio, perché con me non c'è mai competizione, ai loro occhi non sono abbastanza di niente. Non sono abbastanza bella, né abbastanza simpatica o di compagnia, e non sono solidale, anzi, la parola "sorellanza" mi dà l'orticaria. Sorellanza è una parola vuota. E sarebbe anche gradevole, con quella esse dolce e la zeta ronzante, da ape, ma non significa niente. Le donne sono pessime tra loro, classiste. Le rare volte che mi capita di entrare in una pasticceria per fare colazione, incontro capannelli di mamme ben suddivise per tipologia: quelle con il soldo da una parte, le normali dall'altra, poi le etniche, che sono una categoria a sé.

Se una è un po' più grezza, anziana, non omologata, viene estromessa. Non c'è onta peggiore di appartenere a una famiglia di paria.

Lavoro con personaggi di dubbio gusto, ma se c'è una cosa che apprezzo degli uomini è che sono in qualche modo inclusivi tra di loro. Il ceto sociale, economico o il titolo di studio non creano bolle protette. Li vedi, sono una mescolanza solidale. A loro basta un argomento in comune e pacifici possono condividere di tutto, e se l'argomento è la figa, diciamocelo, il gruppo diventa unico, senza sottoinsiemi.

Le donne invece si cercano proprio in virtù di quelle divisioni di classe che gli uomini annullano: soldi, cultura, lavoro, ambiente. E non c'è argomento in comune che tenga, nemmeno i loro adorati pargoli o il ciclo mestruale. Niente.

Comunque io, con questo tipo di donne, quelle del giorno, quelle dei gruppetti, ho poco da condividere. A loro io non piaccio proprio, e in fondo le capisco. Piaccio ad Anja, questo sì, e lei tecnicamente non è nemmeno una donna. Ovvio, lo è nell'essenza, nella sua parte più vera. La sorte però è beffarda con certe persone, così lei è nata in un corpo che la disgusta. Un po' come me, superobesa fin da bambina, indolente, pigra e piena di disturbi alimentari mai diagnosticati.

Entrambe, a un certo punto, abbiamo deciso di darci un taglio: io allo stomaco, lei al proprio lato maschile. Anche se poi, tra le cosce, il taglio non credo che lo darà mai.

Puoi fare quello che ti pare: puoi perdere settanta chili e farti lifting ovunque come nel mio caso, o prendere ormoni e cambiare voce come ha fatto lei, non sarai mai abbastanza.

Io prima ho avuto il grasso, poi la pelle flaccida e infine le cicatrici. Inutile dirmi che sono medaglie al valore, che me le sono guadagnate sul campo. Per me sono il vessillo delle mie sconfitte, dell'incapacità di controllare la mia voracità. Quando ho permesso a un uomo di aprirmi la pancia e installarmi il bypass, nessuno mi aveva preparata al dopo: pelle cadente da rimuovere, cicatrici infinite e la "guarigione per seconda intenzione", ossia mesi di medicazioni perché la cute, lasciata aperta per mancanza di tessuto o per il rischio di infezioni, si rifiuta di rimarginarsi. E mentre il chirurgo mi metteva in guardia, mi diceva che la mia testa non era cambiata, che il rischio di riprendere peso era tangibile, io pensavo che finalmente sarei stata un qualcosa, sarei finalmente stata abbastanza. Così non ho ascoltato gli allarmi. I disturbi alimentari non guariscono, rimangono semplicemente in attesa. Aspettano che tu ti senta al sicuro, padrona della situazione, si accovacciano dietro le vittorie. Poi, piano piano, diventano qualche forchettata di pasta in più, un piccolo spicchio di pizza in più, la concessione di una birra o di uno spritz, tutte cose che prima guardavi come veleno. Passi da un marziale "Mai nella vita" a un "E che sarà mai?", senza nemmeno capire come.

Perciò, prima prendo atto che, appunto, non sarò mai abbastanza, più velocemente mi libererò di molte paranoie, come la vergogna di acquistare un bikini o di possedere un vestito che non mi infagotti fino alle caviglie. Credo davvero che anche Anja provi il mio stesso sentimento, perché la vedo combattere con il desiderio di non sentirsi sempre messa al margine, una "svuotapalle", come si autodefinisce, di non sentirsi sempre fissata dalla gente. Perché lei sa, come lo so io, che dove non arrivano gli sguardi indagatori, dove non arrivano le maldicenze e le cattiverie, arriva la tua coscienza a farti capire che no, gli altri non ti accetteranno mai del tutto. L'unica cosa che ti rimane è l'indifferenza. Fregartene. Comprare quel costume da bagno e andare al mare.

Ma la vocina la senti bene. Ah, se la senti. Perché è la tua: ti sussurra che hanno ragione, che sei solo tu quella che ci crede.

Lavoro

Lavorare di notte è stata una scelta fisiologica. Non amo il contatto umano. Certo, mi sforzo di comunicare con gli altri, anche se con esiti deprimenti.

La domanda che Selli, la mia pseudo migliore amica, mi pone ripetutamente è: «Ma perché una con le tue capacità fa un mestiere del genere?».

Ci impiego esattamente tredici minuti per andare da casa al lavoro. La sveglia suona all'una meno venti del mattino. Mi vesto rapidamente, lavo faccia e denti e poi esco. Tutte le notti. In macchina lascio andare la musica. La tangenziale di notte è quasi un *nowhere*: una manciata di auto, qualche camion con la targhetta verde – A per alimenti, D per deperibile.

Aqualung dei Jethro Tull mi fa compagnia, e quando riesco parto un po' prima per allungare il tragitto. Se piove, faccio il giro per Mestre centro, passando davanti a quello che un tempo era l'ospedale Umberto I. È un percorso che ho evitato per anni, lo faccio ora che il vecchio edificio è diventato un parcheggio. Mia madre è morta lì dentro. Sparito l'ospedale, via Circonvallazione si è trasformata in un luogo fantasma. Lo scheletro della casa di cura troneggia orrendo, e davanti al cancello vedo ancora la sindone di me che piango a dirotto.

Al capannone mi cambio, indosso il paragrembo in plastica e mi do da fare. Pulisco il pesce, lo incassetto e lo preparo per la vendita, controllo le piovre e alla fine non mi resta che seguire l'ufficio. Faccio da segretaria, ragazza della contabilità, manovale, farmacista, barista, donna delle fotocopie. La mia vita è accelerata, perché di notte i tempi sembrano più veloci, più pieni; poi l'alba arriva di colpo e ti accorgi che è quasi ora di tornare a casa. I minuti si sdoppiano con la luce del sole. Di notte non ci sono auto, code, semafori; nel tragitto devo fare attenzione unicamente a quelli come me, che si muovono mentre gli altri dormono. Di giorno tutto si inverte, si contrappone, il vuoto diventa pieno e il fluido s'incaglia nel traffico e nella confusione, nella rabbia per la colonna che si forma allo svincolo della tangenziale, nella curiosità che si prova passando davanti a un negozio con le vetrine cariche, nel tentativo di leggere in velocità le locandine delle edicole, per avere una specie di anteprima di notizie dai titoli scritti in modo imbarazzante.

Di notte questo non accade. Le vetrine sono buie, le code

si formano solo se altri non dormienti asfaltano la strada, le locandine non sono ancora al loro posto, i giornali sono in stampa, o più probabilmente in viaggio per la consegna alle edicole.

In questi tredici minuti di tragitto incontro i miei amici. Non che lo siamo nel senso classico, ma il fatto di essere svegli all'una di notte ci rende solidali.

Tutto ciò fino a quando non arrivo al lavoro e mi scontro con le bestie. Ingrosso di prodotti ittici. E sono vegana. Non so se mi spiego.

Ho sei colleghi, tutti maschi. Non abbiamo molti argomenti in comune e in genere loro si limitano a ignorarmi. Lo ritengo un fatto positivo, non mi costringe a conversazioni interessanti quanto un grumo di fango. Calcio, donne, auto e pornografia notte dopo notte popolano i dialoghi del campione di uomini con cui mi tocca entrare in contatto.

L'aspetto negativo è che, dimenticandosi della mia presenza, spesso non hanno filtri e si lasciano andare a discorsi, e non solo, che mi danno la nausea. So che non dovrei prendere loro come esempio dell'intera popolazione maschile, ma sei su sei è una media inquietante. Immagino sia il prezzo da pagare per evitare di stare nella bolla dei normali e di indossare per troppo tempo la maschera della persona sociale.

Centrale disinserita. La centralina antifurto lampeggia, il LED azzurro allude, mentendo, a un privé equivoco. Non sarebbe il primo. Nella zona industriale, club di scambisti e locali notturni nascono e muoiono in un istante.

Non è nemmeno l'una e mezzo del mattino. Grigia Marghera, grigio il capannone. Ci sta, così non si vede la sozzura che le fabbriche rilasciano nell'aria e che si deposita su tutto quello che trova: auto, case, cibi, persone. Un portone in ferro, rosso mattone antiruggine, aumenta il senso di vetusto che l'edificio emana.

In cinque anni, l'unica cosa davvero inamovibile è stata proprio questo monolite grigio.

«Sei l'unica donna qui. Scegli dove vestirti, in ufficio da sola o nello spogliatoio dopo gli altri. Mòvite.» Il benvenuto del mio nuovo capo.

Non c'erano mai state altre donne prima, e il posto per potermi cambiare me lo ero dovuto ricavare da sola, dato che i due stanzini finestrati in allumino anodizzato sono separati da tende di satin sintetico che non garantiscono alcuna privacy.

«Tu ti occuperai delle piovre» mi aveva detto poi, piazzandomi in mano dei guanti di tre misure più grandi e un coltello appuntito. «Quelle che galleggiano le fori, così vanno a fondo.»

«Perché?»

«Se non sono bene arricciate, la gente non le vuole. Se le va' a fondo, le zé pompa mejo.»

Ne aveva presa una, mostrandomi come dovevo fare: «Se affondano, si rassodano meglio, così».

«E se non si arricciano?»

«Allora possono essere polpesse che hanno appena fatto le uova. Le vendiamo a meno, perché la gente pensa che le zè vecie.»

Nella zona franca, un po' deposito e un po' antibagno, recupero guanti, paragrembo e stivali, poi entro in sala di lavorazione. Tutta in nero, almeno sfina.

Pompe soffianti sparano aria dentro a trenta vasconi da duecento litri d'acqua in un rombo assordante, costante, che ricorda un temporale secco. Nei mastelli, cefalopodi di ogni tipo e dimensione. Col movimento dell'acqua, l'odore di salso si spande. La radio dal volume a palla non riesce a coprire il frastuono. È sintonizzata sempre su Radio Birikina e come dice Beppe, il mio collega più giovane, manda in onda un repertorio italiano anni Sessanta "da sangue dal naso". Non ha tutti i torti, visto che la canzone di punta è *Cuore bandito*, cantata da una che non ho la minima idea di chi possa essere.

Tutto è pulito, candido, in ordine, un curioso miscuglio tra una sala per autopsie e il set di *Hostel*. Piastrelle bianche, un tavolo in silicone anch'esso immacolato, grate a terra e una cella frigorifera se la battono con coltellacci in acciaio, paragrembi e stivali di gomma.

Adesso tutte le pompe sono attive.

Il calcolo non è difficile. Trenta mastelli da duecento litri d'acqua, e ogni mastello contiene tra i trenta e i cinquanta chili di merce. Conto quelli delle piovre, otto vasconi. Sono centinaia i polpi in preparazione. Il mare deve essere vuoto, perché stanno tutti qui, davanti a me. Li guardo, uno a uno. Perché le piovre si somigliano, le seppie si somigliano, i calamari si somigliano. E visto uno, visti tutti.

Le piovre sono il mio dolore. Certo, ogni singolo pesce, ogni singolo animale conta, ma io davvero non so spiegare perché loro per me sono così importanti.

Quando le maneggio per bucare le pance, ne trovo alcune che hanno perduto qualche tentacolo. Le piovre, come le lucertole, ricostruiscono le parti mancanti, e spesso si vede spuntare un piccolo moncherino, simile al braccino di certi bambini focomelici.

«Se non sono bene arricciate, la gente non le vuole. Se le va' a fondo, le zé pompa mejo» aveva detto il capo.

No, la gente non le vuole. Non le vuole e le butta via. Perché la gente ignora, non vuole sapere che quelle mollicce potrebbero essere puerpere, delle polpesse che hanno appena depositato le uova, e che molle non sempre significa marcio o scaduto. La gente butta via le cose che non capisce. Butta via la bellezza. Basta guardarle, si muovono danzando sospese, si nascondono nei buchi più strani e sono formidabili cacciatrici. Si comportano come i gatti. Le piovre sono dei magnifici felini del mare.

Comunque, stamattina, ce ne sono circa milletrecento a bagno. Solo qui dentro. Solo per oggi. Domani altrettante. Il mare sarà certamente vuoto.

Mi chino sui mastelli. Inizio a forare i polpi che affiorano.

"Tu, cuore bandito, con chi stai?"

Perfetto. Adesso inizierà a sanguinarmi il naso.

Anja

Quando siamo tutti in sala a lavorare, le luci dell'ufficio e dello spogliatoio rimangono spente. Così, se uno dei cellulari si illumina, si nota subito. Dalla scrivania, un faro azzurro avvisa che è il mio ad accendersi: tocca inventare una scusa per andare a controllare. Ho sempre paura che sia qualcosa di terribile. Sfido chiunque a vedere il proprio cellulare illuminarsi a una qualsiasi ora della notte e a pensare che sia una notizia positiva. Pressoché impossibile. Ben che vada è un'offerta del gestore telefonico, o qualche amica insonne che ti manda delle gif divertenti. Ma io di amiche ne ho troppo poche, e non sono certo il tipo da "gif con gattini".

«Vado a fare un caffè, qualcuno lo vuole?»

Le voci rispondono in coro: un tè, due macchiati, un macchiatone, un cappuccino senza zucchero. Dalla sala il capo controlla, perciò poso il cellulare al lato della macchina del caffè e controllo i messaggi tra l'inserimento di una capsula e l'altro.

"Sono davanti all'ex materassi. Piove troppo e non passa nessuno. Vado a casa, no preocuparte se non me vedi."

"Anja, serve un passaggio? Mi invento qualcosa?"

"No, amor, me porta Antonio. Anche lui non resta. Te chiamo verso sera."

In effetti fuori diluvia. Immagino la sequela di bestemmie dei venditori del mercato, al Tronchetto. Porto i beveraggi in sala. Il capo mi guarda storto, mi ha vista digitare sul cellulare.

Le seppie grosse mi scassano le mani. Hanno un peso variabile tra il chilo e il chilo e mezzo. Bisogna tirare via due lenzuolini di pelle e l'osso centrale, controllare che non ci siano le uova, poi svuotarle delle interiora. Alla fine, in genere sono quattro mastelli, ho le dita che fanno malissimo. Dopo questa lavorazione, le altre sono più facili ma più monotone, infinite. Stanotte, tra la pioggia e l'umore uggioso, ho voglia di andarmene a dormire presto. Le ceste di merce, però, mi fanno pensare che non se ne parlerà tanto velocemente. C'è davvero una montagna di roba da pulire.

Sono quasi le nove quando mi allontano dal tavolo di lavoro per andare a finire le pratiche in ufficio, fatture e bolle. Sul cellulare ci sono dodici messaggi, tutti di Anja. È andata a casa, ma evidentemente anche per lei niente sonno. Non dormire diventa una routine, ti abitui, e pure quando sei a casa le nottate sono infinite. I messaggi di Anja sono tutti senza senso, tipo: "Faccio doccia"; "Bevo tè". Condivisioni della sua insonnia e della sua solitudine. L'ultimo dice: "Stasera sorpresa. Sotto casa mia alle diciotto. Vestiti comoda".

«Ma chi ti scrive, che sei così concentrata sul cellulare? Il moroso?» Il capo non vedeva l'ora di riprendermi. È da stanotte che ha una gran voglia di farmi notare che mi sto distraendo, ma a parte la parentesi del caffè non gli ho fornito alcun assist. Fino a ora.

Mia mamma, quando ero piccola, rideva sempre del mio bisogno di annunciarle o chiederle qualsiasi cosa.

«Mamma, vado a fare la pipì.»

Lei si faceva una gran risata e rispondeva: «Eh, adesso che lo so sto meglio».

Poi, con la scuola, l'annuncio si è trasformato in domanda: «Posso andare al bagno?».

Con Anja è più o meno lo stesso, mi dice quello che fa in ogni istante del suo tempo libero, condivide. Penso le manchi qualcosa, un riferimento, una famiglia, altrimenti non si spiega. Le rispondo con una faccina che manda un bacio. Altro non posso fare, altrimenti il capo stavolta mi defenestra.

Una sorpresa. Chissà cosa si è inventata. Spero almeno che sia qualcosa di decente, non il suo solito tour in negozi d'abbigliamento con capi che costano un rene e che metterebbe solo una cubista.

"Sono sotto, scendi?"

"Arrivo."

Il suo vestirsi comoda è comico: ha una tuta bianca con i pantaloni stretti alla caviglia e un pellicciotto sintetico di rara bruttezza. Per scarpe ha dei Dr. Martens rosso fuoco.

«Dove andiamo?»

«Parcheggia, che andiamo a piedi. È qui vicino.»

Il "qui vicino", alla stazione è sempre qualcosa di ambiguo. Cerco parcheggio sotto un lampione, per evitare qualche scassinatore.

Ci incamminiamo in silenzio. Lei però ha un'espressione divertita, troppo divertita. Poco distante dal residence, in una via laterale che a stento conosco, si ferma davanti a un istituto di bellezza cinese.

«Ma fai sul serio?»

Anja scoppia a ridere.

«Sapevo, amor, che non ti sarebbe piaciuta l'idea.»

«Anja, ma sai cosa sono questi?»

«Sì che lo so... La concorrenza!» Ha un tono allegro.

«E secondo te io cosa ci dovrei fare?»

«Vedi che sei piena di preconcetti? A parte i servizietti con *happy ending*, ti giuro che sono massaggiatrici eccezionali.»

«Anja, mi fido, ma mi vengono i brividi solo a pensarci.»

«O te fidi o no te fidi. Se dici che te fidi di me, allora entriamo che siamo anche in ritardo.»

«Ma prendono appuntamento?»

«Sì che lo prendono. Che tu ci creda o no, sono davvero massaggiatrici, e anche molto brave. Poi ottimizzano!» Ormai non trattiene più le risate.

La porta si apre e una graziosa ragazza ci fa segno di entrare. È tutto rosa, anche la tenda in acrilico che dovrebbe fungere da porta del cubicolo verso cui mi accompagna. Mi invita a spogliarmi, mentre indica ad Anja un'altra tenda rosa. Le pareti sono cosparse di foto in cui mani delicate toccano schiene perfettamente glabre, forse schiene di donna. Ogni mano ha lo smalto perfetto, sono mani piccole, qualcuna ha un braccialetto che ne adorna il dorso. Poi, la ragazza che ci ha accolte mi fa un sorriso gentile e mi spinge in una stanza grande. Ci sono un lettino con la termocoperta, una vasca in legno, una doccia, un tavolino pieno di oli da massaggio e rose rosa e rosse ovunque. L'odore è dolcissimo, stucchevole, di cosmesi a basso costo e di qualcosa d'altro che non riesco a capire. Mi fa sdraiare e con il suo italiano incerto mi chiede se voglio un massaggio normale o "speciale". «Molto bello, molto *lomantico*» specifica.

«Che significa speciale?» So di apparire un pochino ingenua, ma non posso fare a meno di chiedere.

La ragazza indica la vasca in legno e poi la doccia.

«Se vuoi, facciamo anche in acqua, lì dentro o nella doccia.»

«Facciamo normale.» Lei sorride, ma sul suo viso è apparso del disappunto.

Immagino che un massaggio normale costi meno di uno

speciale, ma a me solo l'idea di entrare in quella vasca fa venire i brividi. Sono sicura che con la lampada di Wood la stanza apparirebbe come una scena del crimine di CSI.

La voce di Anja mi raggiunge da dietro una finta parete in plastica.

«Tesoro, goditela, vedrai che sono brave davvero.»

Provo a rilassarmi. La massaggiatrice si unge le mani, toglie l'asciugamano che io caparbia mi stringo addosso. Intendiamoci, non sono certo una puritana, non ho nemmeno preconcetti di qualche tipo, solo che qui, nuda, proprio non mi ci sento a mio agio, per niente.

Il campanello d'ingresso suona. Una voce maschile chiede se c'è un posto libero, una femminile risponde di sì, poi lo guida in un altro cubicolo. Gli dice di spogliarsi.

Sento l'uomo muoversi al di là del sottile separé, poi un fruscio di tenda che si sposta e lui che chiede un massaggio speciale.

La filodiffusione manda canzoni orientali melodiche. In meno di dieci minuti ho una tale quantità di olio addosso che potrei ungere il motore di un camion.

La ragazza ci riprova: «Vuoi massaggio thailandese? Corpo a corpo? Cinquanta euro. Ti piace?».

«No, grazie.»

Ancora quell'espressione infastidita.

Nell'altra stanza, l'uomo inizia a sospirare e a gemere. Poi domanda se il nome sul cartellino è quello della ragazza che lo sta massaggiando.

Lei risponde di chiamarsi Giada. Guardo il cartellino della mia, anche lei si chiama Giada. Scommetto che anche quella che sta con Anja ha un nome simile.

L'uomo geme forte e pronuncia frasi sconnesse: «Che bella che sei, che brava che sei, che dolce che sei».

«Hai schiena dura» dice invece la mia Giada personale.

Dopo quarantacinque minuti, che mi sembrano infiniti, la mia massaggiatrice prende un asciugamano e me lo passa addosso per togliere tutto l'olio. Ho un mal di testa feroce, e di rilassamento nemmeno l'ombra.

Mi invita a fare una doccia se ne sento la necessità, ma rifiuto. Il profumo dell'olio ricorda quello di certe fiorerie in primavera, e ora ho capito qual è il sentore di fondo nell'aria: è l'odore salato del sesso.

Mi rivesto, chiedo alla ragazza quanto le devo. «Trenta euro, ma ha già pagato la tua amica» risponde.

«Appena la vedi, dille che la sto aspettando fuori.»

Esco all'aria fresca, respiro a pieni polmoni. Poco dopo l'uscio si apre e vedo l'uomo che era nella stanza vicina alla mia. È giovane, avrà una trentina d'anni, ed è di aspetto gradevole. Si accende una sigaretta, mi fissa un istante e poi mi offre il pacchetto. Gli faccio cenno di no, lui alza le spalle e si avvia verso la stazione.

Anja arriva. Ha la faccia di chi si è goduta il massaggio. Non ho il coraggio di chiederle se ha fatto quello speciale o solo quello normale.

«Ti è piaciuto, amor?» mi chiede con tono speranzoso.

«Piaciuto non saprei. Adesso ho un mal di testa feroce.»

«Vedi che sei piena di preconcetti? Il fatto che siano delle prostitute non toglie che sappiano fare dell'altro.»

Lo so che ha ragione, lo so, ma non posso fare a meno di pensare che me ne stavo sdraiata su un lettino dove chissà quanti uomini avevano eiaculato, mentre le mani che mi massaggiavano erano le stesse che magari, solo un'ora prima... sì, vabbè.

Anja legge il conflitto che provo e ne è in qualche modo toccata, infatti ha un moto di fastidio nei miei confronti.

«Se loro sono sporche, cosa sono io, amor?»

Rimango in silenzio a fissarla. Non so davvero che rispondere. Non l'ho mai vista come una prostituta, eppure quasi ogni notte sale su auto sempre diverse.

Anja ha la capacità di rendere normale ciò che non lo è. Questa cosa, quella di portarmi a fare un massaggio in uno scannatoio e di vendermelo come fosse un'esperienza comune, mi lascia una strana malinconia. Ho l'impressione che il sesso, nella sua vita, sia senza forma o senso, che per lei sia un gesto privo del suo significato originale, e dunque mutabile in qualcos'altro. Nel suo mondo, si va in un luogo simile a farsi un vero massaggio o una vera manicure, e vale come un trattamento da un'estetista o da un fisioterapista. L'aspetto squallido non lo vede, non lo percepisce come tale. Sembra capace di eliminare la sporcizia, di non curarsene, e pensa che anch'io possa fare altrettanto.

Ogni tanto da queste parti si propone un referendum: separare Venezia e Mestre, dividerle, fare in modo che si diano le spalle, un po' come nel film *Inseparabili* di Cronenberg. Poi, vai a guardare sulla carta i confini e ti accorgi che Venezia, in caso di divorzio, terrebbe per sé il petrolchimico, il casinò di Ca' Noghera, l'aeroporto Marco Polo e San Giuliano. A Mestre non rimarrebbe niente, ma proprio niente di niente, come niente le rimane quando Venezia fagocita ogni singolo centesimo destinato alla provincia.

Ma anche se restano unite si tratta comunque di sottrazioni. Ogni evento è per la grande città: le Biennali dell'arte, dell'architettura e del cinema, le mostre di fotografia, i teatri, tutto sbarca nella Serenissima. E sulla terraferma che si fa? Si costruiscono ostelli a basso costo, iper e supermercati, parcheggi.

Da qualche anno è stata istituita la Città Metropolitana di Venezia, che ingloba pure Mestre, Marghera, Favaro Veneto e altre zone limitrofe. L'ennesimo atto di sottrazione nei confronti di Mestre. Come fai a far sparire l'identità di un luogo? Eliminandone, appunto, anche il nome.

Ovviamente, allo zoccolo duro della popolazione è inutile chiedere dove abita e sperare di sentirsi rispondere: "Abito nella Città Metropolitana di Venezia". Per quanto mi riguarda, è una soddisfazione che ai veneziani non voglio dare. Li ho sentiti fin troppe volte condannare i mestrini perché alla domanda: "Da dove vieni?", magari per comodità rispondevano: "Da Venezia", credendo che millantassero così di appartenere all'élite dei cittadini e non alla categoria dei campagnoli.

Curioso, però, come ogni luogo che entra in contatto con la laguna e con l'acqua del mare abbia qualcosa di unico, irriducibile. Per esempio, Marghera ha una storia di lotte operaie, dunque di come vanno le cose un po' se ne frega, perché ha un'identità forte. Jesolo ha il mare, il turismo teutonico, e quello che accade al di là della Jesolana sembra non toccarla. Chioggia è Chioggia, una piccola Venezia fatta di laguna, di pesca, di cadenza lenta e di puzza di fritto in spiaggia, a Sottomarina; solo che invece del Leone ha il Gatto.

Eppure, più ci si inoltra nella terraferma, più ci si allontana dall'acqua, più l'identità diventa fragile, sfuggente. Mestre, Marcon, Spinea, Mirano, Campalto sono posti fatti di crepuscolo, di casermoni, di cittadelle commerciali, di strade di passaggio verso qualche altrove. Per quelli di fuori, i *foresti*, dopo il ponte ci sono Treviso o Padova. Tra Venezia e le altre città c'è il nulla, una nebbia grigia di inesistenza che farebbe invidia ai racconti di Stephen King.

Com'era l'adagio che sentivo da piccola? "Tutto el mondo zé paese tranne Gaggio, Marcon e Dese." Ecco, quello che si pensa. Tra Venezia e il resto d'Italia c'è solo il ponte della Libertà.

Mi viene in mente una vecchia barzelletta inglese che diceva: "Blackout totale in Europa, il continente è rimasto isolato". Per i veneziani è così: superato il ponte, la campagna; superato il ponte, Treviso, Padova, anche Marghera. Ma Mestre no, lei è il dormitorio, la Città Metropolitana del vorrei ma non posso.

Per noi invece è la casa, è la vita.

C'è stato un momento, tra gli anni Settanta e gli Ottanta, in cui Mestre era per il jazz l'ombelico del mondo.

Thelonius Monk, Lionel Hampton, Duke Ellington, Dave Brubeck, Gerry Mulligan e molti altri passarono da qui. Venne anche Chet Baker, durante il suo periodo più nero; suonò al TAG, il Teatro alla Giustizia.

Oggi, qualche tentativo riuscito di ridare luce alla sorella povera c'è: il Festival della Politica, il Mesthriller, alcune mostre al Candiani. Il comune ha perfino acquistato l'unico teatro esistente, il venerabile Teatro Toniolo, che prima si affittava da privati. Ma sono briciole, se si pensa a cosa succede quattro chilometri più in là.

E allora si tira di nuovo in ballo il referendum, anche se non ci crede più nessuno.

Mestre, dicono, ha bisogno di Venezia. Sicuri? Siamo certi che sia così? Non è più probabile che sia Venezia ad avere bisogno della sua ancella?

La Serenissima lo sa che Marghera se ne sbatte di lei, che Favaro, Marcon, Chirignago sono troppo lontane per preoccuparsi della bella sulla laguna. L'unica che le rimane è Mestre, il suo parcheggio, il suo dormitorio, la sua campagna e in qualche modo la sua nemesi.

Lavoro

Qualcuno, una volta, mi ha detto di essere affascinato dal fatto che, di notte, chi è sveglio tende a fare "famiglia". Strano concetto. Non riesco a pensare ai miei colleghi, alla gente che incontro, ai carabinieri, ai poliziotti che a fine turno vengono a fare la spesa da noi, a Gino, un vecchio che quasi ogni notte passa al capannone a bere un caffè, come a una famiglia. Forse perché ne faccio volentieri a meno.

Oltre a dover combattere con i disagi che la mia vita comporta, come essere una vegana che lavora in un ingrosso di pesce, alzarmi di notte, non avere il riscaldamento d'inverno o la climatizzazione d'estate, tenere le mani sempre nell'acqua e nello sporco, tutte cose che di solito mi fanno impazzire, non ho ancora fatto i conti con l'aspetto più crudele di questo lavoro: uccidere.

Una delle condizioni per la mia assunzione, l'avevo precisata fin da subito: niente animali vivi.

«Lavorate solo roba morta?» Messa così la domanda non era delle migliori, ma per me aveva un senso. Il capo aveva annuito.

«Sono vegana. Non intendo ammazzare niente e nessuno.»

«Tranquilla, lo faranno gli altri.»

«No, non ci siamo capiti. Non voglio nemmeno assistere.»

Il capo mi aveva piantato gli occhi addosso.

«Ma mi spieghi perché vuoi lavorare qui?»

«Perché mi serve il lavoro. Io le servo?»

Il capo aveva fissato il mio curriculum e la sua faccia si era fatta perplessa.

«Sì, qualcuno mi serve, ma immaginavo che si sarebbe presentato un uomo, anche se una come te può farmi da jolly.»

Per come si era svolto il colloquio, mi aspettavo un no, con relativa indicazione dell'uscita. Ma, a quanto pareva, a nessuno piace lavorare di notte.

«Mi garantisce che non vedrò ammazzare gli animali?» avevo ripetuto.

Aveva annuito, liquidandomi con un gesto della mano.

Sono una fessa. Gli avevo creduto. O meglio, avevo voluto credergli. Mi sembrava perfetto: lavoro notturno, nessuna rottura di palle da parte di esseri umani vari, nessun obbligo di relazione. E poi la notte è piena di vita, brulica di energia. La mia analista sostiene però che questo lavoro per me è nocivo. Secondo lei, lo ho scelto perché mi fornisce un pretesto per stare nascosta, per interagire il minimo indispensabile con gli altri. Ed è questa, in effetti, la risposta autentica alla domanda del mio capo.

Poi, accadono cose come quelle di stanotte che mi fanno dubitare della mia decisione.

Gino è un pensionato che arrotonda facendo qualche commissione per i ristoranti. Ha degli accordi con il titolare, il quale gli permette di lavare il furgone nello spiazzo antistante al capannone e gli commissiona piccole consegne e cose simili. Oggi è arrivato verso le quattro. Aveva con sé tre anguille, che ha chiesto di poter pulire; il capo, scordandosi di me, ha dato il consenso. Gino ha afferrato con forza una delle bestiole, che cercando una via di fuga gli si è attorcigliata sul braccio. I ragazzi fissavano la scena ipnotizzati tifando ora per l'uomo, ora per l'anguilla. Pasquale il laido ha iniziato a gridare: «Dài, sbattila sul tavolo, così la intontisci».

Mi è montata una rabbia feroce, tanto che per la prima volta ho alzato gli occhi e ho fissato Pasquale. Prima di allora non l'avevo mai fatto, limitandomi a scavalcarlo con lo sguardo.

Gino ha preso una tavola di legno. Con un coltello a serramanico ha infilzato la povera anguilla per la coda, bloccandola. Poi, con un secondo coltello molto affilato, ha eseguito un'incisione sulla testa e, partendo da una branchia, ha cominciato a scuoiarla, sfilando grandi strisce di pelle come se stesse aprendo una zip. Il vecchio era veloce e pratico, e io non avevo realizzato immediatamente cosa stesse succedendo. Il tempo di mandare a fare in culo Pasquale e raggiungere Gino, che lui aveva già fatto metà del lavoro.

Le anguille continuano a muoversi anche quando sono aperte in due e gli viene sfilata la lisca. Ho avuto la sensazione che questa urlasse, un po' come le aragoste bollite vive. Dentro di me, qualcosa è entrato in risonanza con il dolore dell'animale.

«Quanto vengono?»

«Quaranta in tutto, ma prima te le pulisco» mi ha risposto Gino.

«No grazie, mi arrangio.»

«Ma ci metto un minuto a farlo.»

«No grazie, faccio io!» Dovevo avere un tono antipatico, infatti mi ha guardata perplesso. Gli ho strappato la cassetta con le due bestiole superstiti, l'odore di sangue e pesce mi dava la nausea. Per la loro socia non potevo più fare niente.

Il vecchio ha tagliato l'anguilla in tre piccoli *murèi,* in tre tranci. Sembravano tre piccoli peni, osceni nella loro nudità. Voleva metterli nella cassetta insieme a quelle vive, ma l'ho bloccato. Ho pensato al terrore che avrei provato io, se mi avessero chiusa in una stanza con un cadavere scuoiato e nessuna via di fuga. Così, Pasquale si è portato a casa l'anguilla morta, mentre io, dopo aver messo al sicuro le altre due lontano da tutti, ho iniziato a pulire il tavolo sporco di interiora.

La varechina ha fatto effetto immediatamente, eliminando ogni traccia. Niente odore, niente sangue, niente di niente. Alla fine, solo il mio stomaco ancora gridava vendetta.

Che notte del cazzo. Che schifosa notte del cazzo.

Dopo la discussione con Anja riguardo al centro massaggi, stanotte mi ha invitata da lei. Ero appena tornata dal Tronchetto dopo aver consegnato della merce, quando l'ho vista sulla strada. Mi sono fermata per un saluto e per chiederle se le servisse un passaggio verso casa.

«La nottata è alla fine, tra poco tutto si rimette in moto, tanto vale che me ne torno a letto.»

«Sali, così ti porto fino alla stazione.»

«Denise, sei il mio angelo custode.»

Si è sdraiata sul sedile del furgone, sfilandosi le scarpe assurde che ha indossato tutta la notte.

«Me fanno dannare questi tacchi.»

Ci credo. Per me, già otto centimetri sono una tragedia, figuriamoci le sue zeppe.

«Non hai gran voglia de parlare, amor. Ma anch'io sono piuttosto stanca.»

Ho annuito, concentrata sulla strada.

Siamo rimaste in silenzio ancora un po', fino al portone del residence. Lei si è rimessa le scarpe, ha aperto la portiera ed è scesa. Mi ha fissata per un istante, indecisa.

«C'è qualcosa che non va?» le ho chiesto.

«Me piacerebbe farti vedere la mia casa.»

Il suo tono incerto mi ha lasciata perplessa.

«Se vuoi, dimmi quando e magari ci prendiamo un caffè.»

«No, amor, ti chiamo io più tardi, prima che vai a dormire. Così ci mettiamo d'accordo.»

«Va bene. A dopo allora. Adesso rientro o il capo si chiederà dove sono finita.»

Alle nove e mezzo mi ha chiamata. Non deve aver chiuso occhio, perché erano le cinque e mezzo quando l'ho depositata sotto casa sua e da allora sono passate solo quattro ore. Me la facevo nel mondo dei sogni.

«Amor, ti va di vederci oggi? Nel pomeriggio o stasera.»
«Meglio nel pomeriggio.»
«Sono contenta che vieni.»
È la prima volta che vado da Anja, e il tono esitante della sua voce mi ha incuriosita. Chissà perché ci tiene così tanto.

Ho dormito qualche ora, ho anche sognato molto, ma mai che mi ricordi cosa. Alle quattro e mezzo del pomeriggio mi sono alzata, mi sono fatta una dose doppia di caffè e mezz'ora dopo sono in pasticceria a prendere qualcosa da mettere nello stomaco.

Arrivo al residence. Nella piccola reception-portineria c'è una donna della mia età che si presenta come Alba. Mi dice che Anastasja vive nell'appartamento 6. Dice anche qualcos'altro, ma non sento. Salgo rapidamente le scale, suono alla porta e Anja mi riceve vestita con una tuta da ginnastica dell'Adidas e un paio di sabot con piume di marabù.

Mi prende il vassoio dalle mani e lo posa sul tavolo apparecchiato per tre.

«Arriverà» dice, rispondendo alla mia muta domanda.
«Faccio il caffè o preferisci qualcos'altro?»
«Va bene caffè.»

Poso la giacca sul divano e mi siedo. L'appartamentino è minuscolo ed essenziale. Un monolocale che funge da cucina, camera da letto e salotto. Nessun gingillo, qualche libro in portoghese, qualcosa anche in italiano. Scarta il vassoio di pasticcini e di pizzette di sfoglia. Nel dubbio ho preso sia dolce che salato.

«Credo che tu, meu amor, abbia una strana visione delle cose, soprattutto perché fai la vita che fai. Stai mescolando la normalità con l'eccezione.»

Non capisco dove intenda andare a parare.

«Voglio che conosci delle persone, che le vedi fuori da certi scenari.»

La mia espressione la fa ridere. Io invece sono confusa.

Alba arriva che sono quasi le diciotto. In portineria sembrava più vecchia e più rotonda, ma ora che si è cambiata vedo che il viso non è segnato dall'età, piuttosto dalla stanchezza. Il corpo è magro ma non esile, mi restituisce una sensazione di forza e caparbietà. Si siede sull'unica sedia libera appoggiando un piede sulla seduta, e in quella posizione scomoda si versa del caffè. Le porgo lo zucchero, ma lei mi fa cenno di no.

«Ci mancherebbe. Lo prendo amaro.»

Rido. Lei mi osserva da dietro la tazzina.

«Cosa ti diverte?»

«Il fatto che chi prende il caffè amaro lo annuncia sempre come se fosse un gesto da salvatore della Patria.»

Ride anche lei e annuisce. «È vero. Ma sai meglio di me che rinunciare allo zucchero è un atto di eroismo puro.»

Anja ci raggiunge. Prende anche lei il caffè e lo inonda di stevia. Ancora non capisco perché tenga così tanto a questo incontro. Parliamo un po', rilassandoci. Il mio stomaco brontola, ho fame, e le cose che ho rosicchiato non hanno fatto che aumentare il senso di vuoto. Anja propone una pizza surgelata.

«Però dopo scappo, o non dormo nemmeno mezz'ora.»

«Certo, amor. Vale anche per me.»

Il riferimento al lavoro di Anja sembra non dare alcun fastidio ad Alba.

«Hai molte ospiti come lei, qui?» le chiedo incuriosita.

«Come Anja? Sì, qualcuna.»

«Ma affitti a ore?»

«No, ho delle residenti fisse e qualche persona di passaggio. Cerco di evitare le prostitute con i clienti.»

«Immagino.»

«A parte il disastro che lasciano, non ne vale la pena. E poi preferisco tutelare la riservatezza delle mie affittuarie.»

«Questa è la mia casa, non il mio posto de lavoro» interviene Anja. «Qui sono nel mio privato. E vale per ognuna di noi.»

«Non tutte fanno il lavoro di Anja» prosegue Alba. «Tosca e Wanda hanno battuto per anni, ma adesso sono vecchiette. E Moira, be', lei...» si prende una pausa di riflessione, come se non sapesse definirla. «Moira ha una di quelle storie che ti fanno venire i brividi.»

Anja annuisce.

«Ma non solo Moira, anche le altre. Come si dice, se queste mura potessero parlare...» Alba si guarda intorno, quasi aspettandosi di sentire davvero delle voci. Beve un sorso d'acqua, sposta il bicchiere verso il centro del tavolo, poi comincia a raccontare.

Tosca e Wanda

Tosca e Wanda erano arrivate alla pensione a metà degli anni Ottanta. Si erano conosciute sull'autobus che da Zagabria portava a Mestre. L'idea era quella di raggiungere Bologna, ma quando erano arrivate alla stazione, mentre aspettavano la coincidenza, avevano fatto qualche passo nei dintorni e a entrambe era sembrato un posto come un altro dove cercare lavoro. Così si erano fatte rimborsare i soldi del biglietto e si erano presentate al residence, che al tempo era gestito dal signor Mario. Avevano deciso di prendere intanto una stanza sola, per dividere la spesa; poi, una volta trovato un impiego, si sarebbero procurate ognuna un proprio spazio privato. Il giorno successivo avevano girato Mestre a piedi cercando un'occupazione qualsiasi: badante, donna delle pulizie, cameriera, benzinaia. Non avevano trascurato niente, nessuna fabbrica, nessun negozio, avevano chiesto persino ai parroci. Non c'era stato verso.

«Quando ho rilevato lo stabile, Mario mi ha suggerito di tenerle, dicendo che erano pulite e puntuali nei pagamenti» mi spiega Alba. «Il loro appartamento è stato il primo a essere ristrutturato. Le avevo provvisoriamente sistemate negli alloggi del personale, ossia i miei, per permettere agli operai di finire i lavori.»

«Anche tu vivi qui?»

«Sì. All'inizio avevo un appartamento mio, ma passavo un sacco di tempo qui e così ho deciso di tenere un alloggio per me.» Si serve un'altra fetta di pizza, tirando con i denti la mozzarella filante. Beve un sorso di birra analcolica, l'unica che Anja tenga nel frigo, e prosegue: «Avevo lasciato loro anche la possibilità di scegliersi l'arredamento, ovviamente con un budget adeguato, e devo dire che hanno buon gusto: mobili sobri, capienti, tende con il bastone alle finestre e – cosa che mi fa molto ridere – qualche centrino qua e là. Li ricama Wanda, che poi in realtà si chiama Zlata».

La cosa fa ridere anche Anja, che annuisce indicando un ovale di merletto rosso fiammante steso su una cassettiera. «Anche Tosca è un nome finto come el mio, lei se chiama Mila. Solo che ormai per tutti sono la Tosca e la Wanda, con l'articolo. Facevano le puttane, come me.» Anja parla con la bocca piena, sputacchiando qualche briciola.

«La strada le ha accolte praticamente da subito. Lavoro non ne trovavano, a causa del loro aspetto. Troppo belle per fare le badanti o le donne delle pulizie. Nessuna le voleva in casa» aggiunge Alba, che ora è sazia. Io invece mastico lentamente il mio trancio di pizza, interessata alla storia.

«Per decenni hanno mandato soldi a casa, a marito e figli che, come cuculi, aspettavano che i vermi arrivassero per sfamarsi senza alzare un dito. Hanno fatto marchette per mantenere uomini inetti, prendendosi cura l'una dell'altra e proteggendosi a vicenda.»

Anja si alza e prepara un altro caffè. Alba, invece, si apre il bottone dei jeans. L'orologio segna le 20.30.

«Tra poco scappo. Bevo il caffè e me ne vado» dico.

Sia Alba che Anja sembrano dispiaciute. Prendiamo il caffè in silenzio, ognuna persa nei propri pensieri. Poi Alba riprende: «Nessun uomo è mai entrato nel loro appartamento. Lo facevano per loro stesse, ma soprattutto per la rispettabilità del residence. Tutti nel circondario sapevano e sanno che Tosca e Wanda erano puttane, ma nessuno aveva niente da dire al riguardo. Dentro le mura del residence e per il quartiere erano delle comuni casalinghe dell'Est, anche se di notte uscivano per mettersi all'angolo di via Cavallotti».

«Immagino che ora si siano ritirate dalla strada.»

Alba annuisce.

«Quando sono arrivate erano uno splendore. Me lo ha detto Mario. Diceva che sembravano delle regine russe. Ho l'impressione che più di qualche volta il vecchio si sia avvalso dei loro servigi.»

«Probabile» sentenzia Anja.

«Anja, due sono le cose: o smetti di masticare e parli a bocca vuota, o eviti le parole con la P, che ogni volta è un bagno di briciole.» Lei ride, il resto del boccone le va quasi di traverso. Poi mi stampa un bacio sulla guancia.

«Adesso, signore mie, vado a casa, che sono sfinita. Almeno un paio d'ore vorrei dormirle.»

«Certo, meu amor. Riposa bene.»

Esco nel giardinetto interno del residence. Alcuni appartamenti hanno la luce accesa. Chissà dove vivono le due zarine. Un cartello luminoso lampeggia. C'è scritto: "Casa Alba". Non lo avevo mai notato.

Antonio

Ho conosciuto Antonio due anni fa. Avevo mangiato una pizza prima di andare al lavoro e stavo morendo di sete. Il suo camioncino mi era apparso come un'oasi nel deserto.

Al lato del food truck, per non farsi dilaniare dalle zanzare, che a Marghera sono particolarmente aggressive, Antonio aveva installato una lampada di quelle che le fulminano lasciando una piccola scia di fumo.

«Dopo averle arrostite, le usi per i panini?»

Si era fatto una risata sincera mostrando tutti i denti, si era pulito le mani sul grembiule e aveva annuito.

«Eh, qui sono anche piuttosto feroci. Ma tu che ci fai in giro a quest'ora? Non mi sembri di rientro dalla discoteca.»

Le sue clienti abituali sono le prostitute che di notte popolano la zona. In genere ragazze di colore, qualcuna cinese o moldava; e poi ci sono io, con l'impronta del cuscino ancora sulla faccia.

«Lavoro, qui dietro. Panorama, ingrosso di pesce.»

«Non è lavoro da donne» aveva detto scuotendo la testa.

«Piuttosto che battere preferisco fare quello che faccio. Credo che le puttane se la passino peggio di me.»

Via Fratelli Bandiera è una strada di passaggio per le fabbriche. Ogni tanto capita di sentire di ragazze pestate a sangue. Qualcuna è anche morta.

Avevo preso due euro per porgerli ad Antonio, ma lui aveva respinto la mia mano.

«Lascia, il caffè te lo offro io.»

Una volta, finito il turno di lavoro, Antonio è passato al capannone a farmi un saluto. È arrivato con la brioche e il caffè caldo.

Seduti in ufficio, io con addosso l'odore del pesce e lui della carne abbrustolita, sembrava di essere nel reparto rosticceria di un supermercato, dove si accavallano i sentori di cibo cotto e crudo.

«Sono vegana» gli ho detto, rifiutando il cornetto alla crema.

Mi ha fissata per un lungo istante come se lo stessi prendendo in giro.

«Stai scherzando?» mi ha chiesto infatti, scoppiando a ridere.

Antonio è una bolla di luce.

Il suo food truck apre quando i ristoranti hanno ormai le serrande abbassate e i bar devono ancora scaldare le macchine da caffè per le prime colazioni.

Le bolle di luce, di notte, sono preziose. Sono luoghi protetti, dove si simula una normalità che non c'è. Anche dentro ai mercati si percepisce la stessa sensazione. Chi vive di notte ha bisogno di una specie di realtà parallela. Fuori dalle bolle di luce ci sono i notturni, quelli che spiano, che guardano; ci sono i turnisti che aspettano il bus insonnoliti e che, una volta saliti, cercano ancora il buio, per raggranellare nelle retine qualche istante di pace prima delle luci della fabbrica; ci sono i camionisti che dormono nei loro bilici.

Davanti al bancone di Antonio ci siamo conosciute Anja e io. Una notte d'estate, mi ero fermata a prendere un tè freddo. Lei se ne stava seduta su una panca. Beveva acqua direttamente dalla bottiglia.

Antonio era sceso dal furgone per scambiare due chiacchiere con me e lei, col pretesto di gettare la bottiglietta in un bidone, si era avvicinata e, stringendomi calorosamente la mano, si era presentata con la sua solita battuta: «Anastasìa che fa rima con fantasìa!».

Avevo riso del gioco di parole, che ho poi scoperto essere il suo biglietto da visita.

«Bello. Ma non mi sembra molto sudamericano.»

«Me fa sentire europea.»

La cosa che più mi aveva colpita di lei erano i denti. Bianchi, perfetti. Glielo avevo detto.

«Tutta roba mia. La banca non avanza niente» aveva risposto con un sorriso.

Da allora, è capitato varie volte che, se ho una consegna da fare, la avviso dandole appuntamento da Antonio. Facciamo colazione e poi la accompagno al suo residence prima di andare al Tronchetto.

Antonio, come Anja, cerca sempre di prendersi cura di me con piccoli gesti. Da quando ha saputo che non mangio niente di origine animale, si preoccupa di farmi trovare una colazione adeguata.

«To', la mia vegana preferita! Buongiorno!»

«Buongiorno, Antonio.»

«Vuoi un caffè? Ti ho anche preso i biscotti... Sono vegan.»

Non c'è scherno nella sua voce. Apprezzo il fatto che cerchi qualcosa per me senza che glielo chieda.

«Grazie, Anto'. Però fatti pagare...»

«No, no, amore, pago io per lei.» La voce di Anja è come uno schiaffo. Una tonalità troppo alta per la notte, un'energia degna di chi si è appena svegliato. Ma so che invece è in strada già da qualche ora.

«Come va, Anja?» Antonio si premura sempre di chiederlo a entrambe. Lei, allegra, si aggiusta la maglietta scollata e poi, con una mossa poco elegante, si tira su la calza autoreggente sistemando qualcosa sotto la mini. Il gesto fa ridere sia me che Antonio. È proprio buffa la mia amica.

«Va bene, va bene... Ho saputo una buona notícias.»

«Uh! E possiamo saperla anche noi?» Antonio è più curioso di una scimmia.

«Oggi niente cape e niente Re! Oggi si lavora sereni!»

Anche Antonio sembra felice del pettegolezzo. Anja finisce la sua acqua e ci saluta, vezzosa come sempre. Non fa in tempo ad attraversare che una Mercedes si ferma e la carica.

«Chi è il Re?» chiedo.

«È il pappone che possiede questo viale. Un nigeriano.»

Vorrei dire qualcosa, ma il mio amico mi batte sul tempo.

«Non è un problema di nazionalità, è che questo figlio di puttana ha tre o quattro donne dell'Est che taglieggiano le prostitute. Se non pagano, le pestano a sangue. Lui nemmeno si sporca le mani.»

«Ma è tremendo...»

«Oh, non sai quante ne vedo andar via con la faccia gonfia. E devo anche starmene zitto, o mi distruggono il furgone.»

Anja

Questa cosa che non mangio carne o derivati animali disturba molto. Ma cosa metto nel piatto sarà affar mio, no? Non c'è persona che conosco che prima o poi non mi faccia notare la contraddizione tra il lavoro che faccio e la mia alimentazione. Eppure, non è difficile. Non ci vuole uno studio particolare. A causa delle mie scelte, ho rischiato di litigare un po' con tutti. Anja compresa.

«Amor, te gusta el ceviche?»

Sono le cinque del mattino, devo fare una consegna a Venezia e lei sta rientrando dalla notte in strada. Siamo l'antitesi l'una dell'altra. Anja indossa dei sandali col tacco dodici che la fanno sembrare una pertica, non ha un filo di cellulite, la mini in pelle le sta da dio e le tette le strabordano allegre dalla maglietta finto strappata. Veste firmata dalla testa ai piedi, nonostante l'abbigliamento non risulti esattamente sobrio.

Io ho come sempre un paio di scarpe antinfortunistiche gialle a strisce arancioni, brutte come poche scarpe in commercio, pantaloni cargo che non mi nascondono i cuscinetti e una maglia con un tonno che salta fuori da onde triangolari e la scritta "Pescheria Mare Nostro" in rilievo.

«Non so cos'è il ceviche.»

«Se cucina dalle mie parti, amor.»

«Con cosa si cucina?»

«Se me dici... te lo faccio col polpo!» ride come se la cosa fosse uno scherzo.

«Anja, amore, non mangio carne.»

«Ma è polpo! Pescado...»

«Il pesce è carne, Anja!»

«Por mi, amor, puoi fare un'eccezione.»

Difficile per me spiegare perché non mangio niente che possa in qualsiasi modo provare dolore.

Tutti diventano immediatamente medici, salutisti, nutrizionisti, e hanno qualche parente che ne sa necessariamente più di me. E poi le domande insopportabili: «Come fai con le proteine? E la B12? Dove la prendi la B12? E come mai abbiamo i canini?».

I migliori sono quelli che ti rifilano la storia della nonna vissuta centovent'anni mangiando maiale tre volte al giorno. Come i fumatori, che appena gli fai notare che si stanno giocando i polmoni tirano fuori qualche parente che è sopravvissuto a due guerre e fumava come una ciminiera. «Di qualcosa si dovrà pure morire no?» ti dicono. Eh già, ma se una cosa vale l'altra, allora perché non abbracciare un platano con il cofano dell'auto? Almeno è istantaneo e non gravi sulla spesa pubblica.

Anna

Non ho mai pensato a una storia con una donna. Certamente mi incuriosiscono, qualcuna la trovo anche attraente, ma non vado più in là di una mera attrazione estetica e umana.
Gli uomini tendono a fare più schifo, a essere più elementari, anche se certe donne toccano vette inimmaginabili, persino per il peggiore degli uomini.

La prima volta che ci siamo viste non è stato un colpo di fulmine. Anna mi era parsa una donnina arrogante e piena di sé. Bella è bella, anche intelligente e con una cultura varia. Però al primo sguardo mi aveva dato l'idea di bovarismo, un po' come Selli. Era stata lei a baciarmi, una sera al cinema. Io le ero piaciuta da subito. In particolare, a suo dire, il fatto che sembravo sempre cadere dalle nuvole.

«Ti guardi attorno con la faccia di chi pensa: "Come ci sono capitata qui?".»

In effetti è vero. La domanda me la faccio ogni volta che mi incastro in qualcosa che mi fa sentire a disagio, fuori posto; in sostanza sempre, perché ci sono cresciuta con la storia dell'essere inadeguata.

Dopo qualche appuntamento, mi era risultata quasi simpatica. Poi, ci siamo baciate. In quell'istante ho provato una sensazione particolare, che con gli uomini non provo mai: mi sono sentita accudita. Ci ho pensato per un po' di giorni, senza capire come fosse accaduto. Non so se vale per tutti, ma il bacio per me è una specie di conferma. Odore, sapore, accettazione, attrazione. L'accudimento non lo avevo mai contemplato come possibilità. Oh, che poi lo so da me che l'essere per eccellenza deputato all'accudimento è la donna, ma ho sempre pensato che fosse un atteggiamento da riservare a bambini, vecchi, famigliari o al proprio compagno. Non avendo mai avuto relazioni con donne, non potevo immaginare che io potessi generare negli altri la necessità di prendersi cura di me.

Forse non voglio dipendere dall'affetto altrui o, molto banalmente, non voglio averne bisogno.

Psicologi

Se ci fosse un titolo onorifico di cui insignirmi sarebbe: la regina delle pessime idee. Ne ho un sacco, sempre differenti. Quella di avere due psicologi, quella di fare un lavoro da maschio, quella di frequentare gentaglia di dubbio gusto – e non sto parlando di Anja, bensì di Selli – e quella di pretendere che tutti i miei universi collimino in qualche modo.

Quando andavo all'università uno dei miei professori aveva l'abitudine di farci la stessa domanda ogni mattina: «Oggi se foste...». Era sempre qualcosa di diverso: oggi se foste una canzone, un libro, un personaggio della TV. Diceva di scriverlo su un foglio e poi faceva lezione. Sosteneva che sapere cosa eravamo, come ci sentivamo in quell'istante, ci avrebbe dato una visione delle cose differente. Scandiva la parola: con-sa-pe-vo-lez-za, il fulcro di ogni sapere. Per me era diventata un'ossessione, una delle tante.

Se foste una canzone? *The House of the Rising Sun.*

Se foste un luogo? New Orleans in *The House of the Rising Sun.*

Se foste un tessuto? I jeans di *The House of the Rising Sun.*

A volte era qualcosa di complicato, tipo: «Se foste un cibo?». La jambalaya della cucina creola tipica di New Orleans.

Sono così da tutta la vita. Per mesi, a volte anche per anni, qualcosa, spesso casualmente, entra nella mia vita e ci rimane. C'è un lato strano: sono fedele ai miei incagli, ai miei carcerieri emotivi, e a casa ho almeno sei versioni di *The House of the Rising Sun*. Tutte fighe, tranne una italiana che dire che fa schifo ancora non rende l'idea.

In quel periodo uno psichiatra mi aveva diagnosticato un sospetto disturbo da depersonalizzazione. Mi disse che era un particolare disturbo dissociativo. Avrei dovuto fare della terapia ma non dovevo temere, non era invalidante.

La parola "sospetto" mi era bastata. Non mi era servito altro per comprendere quelle assurde manie che mi affliggevano. E poi poteva andarmi peggio, potevo avere la Tourette, che nonostante il nome rimandi vagamente a una piazza parigina è una sindrome terribile; o l'Asperger, che invece ha un nome orrendo, da ufficiale nazista, con quella G nel mezzo, gutturale. Anche gutturale è una brutta parola, come cagna, negro, scrofa, drago. In comune con l'Asperger ci sono le ossessioni, e le parole sono una delle mie. Le altre sono l'igiene, soprattutto delle mani, la gente, le voci troppo acute, i numeri; e ancora, possedere delle cose, in genere libri, bicchieri, pantofole e ciabatte – perché ho paura che mi puzzino i piedi –, gli odori, il colore nero, le imperfezioni del corpo che trovo sexy e che fisso fino allo sfinimento.

All'epoca pensavo fosse normale collezionismo, non sapevo che potesse sfociare in compulsione. Questo mio modo d'essere, i disturbi alimentari e l'attrazione nei confronti di pratiche decisamente borderline sono tutt'oggi percepiti dagli altri come una bizzarria distintiva. Ero quella strana, quella che faceva cose fuori di testa come appendersi con i ganci sottopelle. Nel tentativo di tenere tutto sotto controllo, in primo luogo le mie emozioni, avevo perso la percezione di me stessa, straripando, esagerando, non ponendomi più nessun limite. Per ritrovare l'equilibrio mi ero rivolta a una psicologa, che ormai vedo da circa tre anni. Il mio passato, fatto di bulimia, di centosessanta chili di grasso, di chirurghi bariatrici, di ricostruzione di un corpo devastato dal cibo prima e da una fame oscena dopo, mi aveva spinta a cercare qualcuno che mi aiutasse a contenere questa mia ossessione per le quantità. Dopo il bypass gastrico non potevo mangiare e ho cominciato a tenere un diario in cui scrivevo liste infinite.

Un pomeriggio, per caso, ho trovato lei, il mio esatto opposto, quasi una mia copia in negativo. Solare, chiara nei colori, esile. Sentivo che aveva la capacità di entrare nel mio mondo senza fare danni. Quasi ogni settimana la vedo e parlo. Un fiume di parole. Lei non interviene mai, fa qualche rara domanda, ma per lo più assiste al mio continuo vomitare pensieri o ai miei momenti di nero assoluto.

All'inizio non capivo se mi facesse del bene. Perché la storia di sfogarsi dicendo a un estraneo le proprie cose e cercando di essere onesti sembra una buona idea, ma poi la domanda te la fai. Mi serve davvero?

Ci ho messo mesi per trovare una persona sufficientemente preparata da accogliere la mia accozzaglia di problemi. Lei ha capito fin da subito cosa non funziona in me. Mi definisce "la sua paziente estrema", e il fatto di sentirmi assolta mi serve: mi serve che esista qualcuno che si interessi di me, di come vivo la mia vita, che si chieda se sono in grado di viverla. Anche se mi costa cento euro alla settimana, più due di marca da bollo. Oltre a lei, periodicamente ma con cadenza meno regolare, ho scelto di vedere anche un altro terapeuta. Prima di decidere a chi affidarmi mi sono fatta un giro in qualche studio. I due analisti non si conoscono. Città diverse, studi diversi, indirizzi e metodi diversi.

Se lei, la donna, l'ho scelta perché mi sembrava interessante, lui mi ha colpito perché è un genere di uomo che ho incontrato fin troppo spesso nella vita, e che mi dà i brividi. Vedere ogni tanto questo personaggio è un po' come affrontare le mie paure, qualche mio orrendo fantasma. Se fosse un animale sarebbe una biscia. Nemmeno un serpente, troppo nobile per quello che gli striscia dentro. È una di quelle bisce insulse che trovi nei campi, in Veneto li chiamiamo "carbonassi". Ecco, lui è un carbonasso e a suo modo è interessante. Il suo aspetto tradisce la noia di un lavoro che fa da troppo tempo ma che lo rende visibile all'universo, perché altrimenti sarebbe solo un'umile biscia. Un carbonasso, appunto.

Anja

Anja parte all'attacco del mio armadio.

«Metti mai una gonna, meu amor?»

«Sì, qualche volta. Ho alcuni vestiti lunghi.»

«Sei sempre molto coperta. Dovresti mostrare più carne.»

«Ma alle cinque del mattino ti viene in mente di criticare il mio modo di vestire?»

«Denise, non essere sciocca. So che il lavoro te obbliga a questi... sacchi.» Sogghigna, mentre indica la mia tenuta da lavoro piuttosto scrausa.

«E, per curiosità, come dovrei vestire secondo te? Mi vedi, no?»

«Prima che te arrabbi, Denise, se la smettessi con le schifezze ti faresti meno problemi.»

Antonio fa finta di niente, ma se la ride sotto i baffi, guardando la mia bottiglia di tè freddo. Un concentrato di zuccheri fine a sé stesso.

«Magari dovrei pure smetterla con lo spritz? In Veneto?»

«L'alcol fa malissimo. Te buca la pancia e pure la testa, meu amor.»

«Siamo in Veneto, usiamo lo spritz al posto dell'acqua.»

Antonio annuisce. Anja ignora le mie proteste.

«E poi, una cosina così, meu amor...» dice mostrandomi la minigonna in pelle.

«Anja, ma dov'eri quando ti ho detto che sono vegana?»

«Oh, amor, allora nemmeno pellicce?»

«Soprattutto le pellicce!»

«Io una pelliccia ce l'ho, sai? Ma è autentica, con tanto de certificato che dichiara che erano bestie teste di cazzo e i loro simili le volevano morte!»

Per poco il sorso di tè freddo non mi uccide.

«Anja, mavaffa... stavo per strozzarmi.»

Antonio e Anja ridono a crepapelle, mentre io, a colpi di tosse, tento di espellere il tè che ha preso la via della trachea.

Alla fine, andiamo a fare shopping. Anja ci tiene, e io mi ci faccio trascinare. Come al solito, mi propone delle cose terrificanti.

«Provate questo.»

Mi lancia un vestito verde muschio con arricciature ovunque, che, a parte essere corto in modo imbarazzante, ha tutta l'aria di essere almeno quattro taglie in meno della mia.

«È piccolo.»

«No, dài, è elastico.»

«No! È piccolo e corto. Cerca qualcos'altro.»

«Amor, se fanno taglie uniche è perché sono elastiche e vanno bene a tutti.»

«Anja, ma mi prendi per il culo? Sono taglie da dodicenne!»

«Amor, fammi contenta. Provalo e vedrai.»

«Sì, certo... vedrò.»

Mentre lo indosso, ho la sensazione che anche lo specchio del camerino, se solo potesse, mi volterebbe volentieri le spalle; ma, costretto a fissarmi, pensa bene di rimandarmi l'immagine di una ballerina di lap-dance in sovrappeso e con il calzino alla caviglia. Una Caporetto del buongusto.

«Come te sta?»
«Non farmi essere volgare, Anja.»
«Esci, così vedo.»
«Col cazzo.»
«O esci tu, o entro io.»
«Ti tiro un pugno.»
«Non fare la bambina, esci.»
Scosto la tenda quel tanto da verificare che ogni altro cliente sia ragionevolmente lontano e che nessuna delle perfide commesse sia a portata di sguardo.
«Dài, apri!»
Apro. Anja ammutolisce.
«Se provi a dire che mi sta bene, giuro che da stanotte te ne torni a casa a piedi.»
Con gli occhi lucidi per lo sforzo di trattenere la risata, si mette la mano davanti alla bocca.
«Inutile che ti nascondi, vigliacca. Puoi dirlo che mi sta malissimo.»
«Meu amor...» si interrompe per cercare le parole giuste. «Diciamo che il colore...»
«Sembro un ramarro obeso, Anja.»
La mano non le è più sufficiente, la risata tracima trasformandosi quasi in singulto. Mi ritiro nell'anfratto del camerino fissandola con astio.
«Se lo cerco nero?»
«Ma va' in mona!»
All'uscita del negozio, lei ha due buste piene di vestiti. Io ho preso solo un dolcevita nero.
«Te va un cappuccino?»
«Sì, va bene. Prima passiamo a posare le borse?»
Ci dirigiamo a piedi verso il suo appartamento. Camminiamo spedite, lei sugli immancabili tacchi, io con gli anfibi, come luce e ombra che si rincorrono.

Un giorno, davanti alla sartoria cinese, Anja si blocca. Mi fa cenno di guardare in quella direzione. Sull'uscio del negozio c'è una donna di spalle.

«Quella è Moira.»

«Moira?»

«Quella che vive nel mio residence e che ha una brutta storia.»

«Sì, me ne accennava Alba, adesso ricordo.»

«Vieni che te la presento.»

Raggiungiamo la donna, che sta pazientemente aspettando il proprio turno per entrare.

«Moira, cara.»

La donna si gira. Credo sia uno degli esseri più brutti che mi sia mai capitato di vedere. Ha un'enorme cicatrice rossa che dalla fronte arriva fino allo zigomo, e in testa ha pochi capelli biondo cenere, cresciuti un po' a caso. Indossa un grembiule da casa rosa sporco e ha una borsa a tracolla aperta.

«Moira, chiudi la borsa che qui rubano. È pieno di ladri.» Anja posa una mano sulla borsetta aperta della sua vicina.

Moira sussurra quando parla, tanto che stento a sentirla, mentre Anja ha sempre la voce squillante ed entusiasta.

«Denise, amor, te presento Moira, una persona speciale.»

Lei arrossisce, mi stringe la mano calorosamente e continua a usare un tono basso, per mascherare il timbro maschile.

«Mi si è rotto lo schermo» dice, mostrando un cellulare microscopico di almeno quattro generazioni fa.

«Fai prima a comprarlo nuovo.» Quando si rivolge a lei, Anja è particolarmente attenta e gentile. Moira fa un sorriso mesto: «Questo funziona bene. E poi non è tempo di spendere in cose inutili».

«Se te serve qualche soldo, non aver paura a chiedere, te li presto volentieri.»

«Ma non serve, piccola. Mi basta questo.»

«Va bene. Allora ci vediamo a casa.» Anja stampa un bacio sulla guancia martoriata di Moira. Sento i morsi della gelosia nella pancia, tanto per cambiare.

Al residence, Alba è intenta a riparare una grondaia. Attorno ai fianchi ha una cintura per attrezzi e in testa un cappellino con la visiera. Sembra uscita da una soap americana. Mi abbraccia come una vecchia amica, mentre io rimango immobile come uno stoccafisso. Non credo di essere capace di abbracciare, non nel senso stretto del termine.

Saliamo in casa di Anja, posiamo gli acquisti. Comincio a pensare che l'appartamento piccolo sia davvero una cosa furba, c'è poco da pulire e non rischi di accumulare roba.

«Forza, andiamo a prendere un cappuccino!»

«Madonna santa, Anja, quanto strilli.»

Usciamo e sul pianerottolo incrociamo Moira. Ormai sono curiosa più di una scimmia, ma non ho la confidenza necessaria per fare domande.

«Vieni anche tu a prendere qualcosa al bar?» le chiedo a bruciapelo, sperando in una risposta positiva.

Con la sua vocina tenue ci chiede se le diamo il tempo di cambiarsi.

Moira

Anja è sulle spine. Nella sua testolina ci vorrebbe già amiche, già intime, già pronte a scambiarci confidenze. Moira è in evidente difficoltà: la timidezza, o almeno ciò che interpreto come timidezza, la rende schiva e poco chiacchierona. Ascolta Anja ciarlare sorridendole con benevolenza.

Io invece la prenderei a mozzichi, perché non la smette mai di parlare.

Le osservo, cercando un appiglio per riuscire a comunicare con questa donna silenziosa.

Ci pensa Anja a rompere il ghiaccio. Prima le racconta dei nostri acquisti, facendola ridere con la battuta del ramarro, poi le chiede del telefono, se è riuscita a ripararlo. Moira risponde di sì, mostrando il vecchio Nokia.

«Sembra nuovo» annuisce Anja.

«Te l'ho detto. Funziona bene, fa il suo dovere.»

«In effetti» intervengo io, «ora hanno talmente tante funzioni che telefonare è quasi un optional.» Che banalità. Potevo starmene zitta.

Moira riprende il cellulare e lo mette in borsa. Beve il suo cappuccino, facendo attenzione a non sporcarsi con la schiuma. Alza gli occhi e me li punta addosso.

«Anche tu fai il mestiere di Anja?» mi chiede a bruciapelo.

«Oh, no. Lavoro di notte anch'io, ma in un ingrosso di pesce.»

«Io sono cameriera ai piani all'hotel Piave.»

«Da come lo dici, non mi pare che ti piaccia tanto.»

«È un lavoro.»

La conversazione si arresta nuovamente, ognuna è persa nei propri pensieri.

«Sei a Mestre da tanto?» le chiedo per spezzare il silenzio.

«Da venticinque anni. Prima ero a Padova.»

«Il tuo accento però non è veneto.»

Sorride.

«Vengo dalla parte opposta dell'Italia.»

«Moira è calabrese. Viene dal mare, come me!» dice Anja, accarezzando la mano della donna.

«Sono scappata dalla Calabria, tanto tempo fa. All'epoca non ero ancora trans, mi chiamavo Gaetano ed ero solo nu ricchione.»

Anja si tocca il lobo più volte.

«Di grazia, Anja, cosa cazzo stai facendo?» Anja mi ignora e continua a far dondolare l'orecchio. Le lancio un'occhiataccia.

«Voi ricchione lo fate così, vero?»

«Sì, ma tu smettila, è maleducato» la rimbrotto.

«Maleducato por chi, meu amor? Por Anja la puttana trans o por la Denise perbene?»

Alzo gli occhi al cielo. Moira sorride.

«Come mai ti sei scelta proprio questo nome?» le chiedo.

«Non l'ho scelto io, me lo hanno appiccicato addosso.»

Quando parla del passato non mi guarda mai, immagino provi vergogna. Stavolta, però, ha un sorrisetto divertito.

«Quando sono scesa in strada ho iniziato a travestirmi. C'era questa cosa delle ustioni, di quelle sulla testa, soprattutto, che andava nascosta. Il trucco fa miracoli con le cicatrici, ma i capelli avevano bisogno di essere coperti. Così, mi sono comprata una parrucca di capelli veri. Ho speso una cifra spropositata per l'epoca. Era una cofana alta venti centimetri...»

«Moira Orfei!» esclamo ridendo.

Moira annuisce.

Anja guarda interdetta ora me, ora lei, cercando di capire cosa ci fa sghignazzare tanto.

«Ne potevo prendere solo una, allora ho optato per dei capelli molto lunghi. Solo che si sono rivelati estremamente scomodi durante... ehm... il lavoro.»

«Chi è Moira Orfei?» Anja ora ha lo sguardo disperato di chi viene escluso da un gioco.

Cerco una foto sul cellulare e la mostro ad Anja che finge di capire, mentre Moira e io ridiamo della sua espressione.

Gaetano

Era sempre stato un ragazzino complicato, in famiglia e in paese lo sapevano tutti. Al liceo si prostituiva, e non perché gli servissero soldi, a casa erano più che benestanti. Voleva solo dimostrare che se sapevi usare bene mani e bocca nemmeno gli etero facevano tanto gli schizzinosi. Il segreto stava nel far dimenticare che anche lui aveva l'uccello. E poi c'era la questione famiglia: la sua era davvero ingombrante, i Longo erano conosciuti e temuti da chiunque. Non poteva fare un passo senza che qualcuno del paese non corresse da suo padre a riferire dov'era e con chi. Disobbedire alle regole diventava allora, per lui, un atto di resistenza, una dichiarazione d'intenti, un urlare: "Io non sono come voi".

In quel mondo pettegolo, dove tutti vedevano tutto, nessuno però aveva fatto caso al suo vicino. Quell'uomo gli aveva insegnato la lezione più importante, ossia che la vita fa schifo.

Gaetano aveva circa dieci anni ed era un bambino solitario e introverso. Una mattina, stava giocando da solo nel granaio. L'uomo era entrato e, dopo averlo salutato, gli aveva detto di aver installato l'antenna nuova della televisione, e che adesso prendeva Tele Capodistria. Gli aveva detto anche che, se voleva, poteva andare da lui a vedere Goldrake. Gaetano lo aveva seguito, e in cucina l'uomo aveva preparato biscotti e latte. Due tazze, una per sé e una per il bambino.

Finito il cartone avevano iniziato a giocare. Fingevano di essere dei robot, combattevano, si prendevano a cuscinate. Rincorrendosi, si ritrovarono sdraiati nel letto.

La Calabria non contemplava i predatori, solo gli infami. E gli infami erano quelli che non si piegavano al sistema delle famiglie. La prima volta, il vicino si era limitato a farsi toccare. A Gaetano la cosa non era dispiaciuta del tutto. Si sentiva strano, come quando giocava con le bambole, con quel misto di eccitazione e timore di venire scoperto.

La volta successiva le cose si erano spinte oltre. «Vuoi dargli un bacino?» gli aveva chiesto l'uomo. Alla risposta negativa, aveva insistito: «Stai tranquillo, non sa di niente, è come succhiare un dito».

Non era del tutto vero. Il sapore in effetti era neutro, ma l'odore era terribile, sapeva di piscio e sale. Gaetano aveva sentito il bisogno di vomitare, ma per timore di venire colpito aveva tossito, rischiando di rimettere il latte e i biscotti.

Di fronte al conato l'uomo si era offeso e aveva iniziato a picchiarlo dandogli della mammoletta, della femminuccia.

Lo aveva colpito ripetutamente, non in faccia, ma sulle spalle e sulle braccia. Colpi secchi, dolorosi. Gaetano fin da subito aveva capito che era meglio collaborare, non contraddirlo. In cambio, be', in cambio avrebbe avuto latte, biscotti e Goldrake.

Un po' alla volta, l'uomo gli aveva permesso di portare nel suo appartamento i giocattoli, gli aveva persino dato le chiavi di casa: «Vieni quando vuoi, a giocare o a guardare la TV»

Nei tre anni successivi, le cose erano rimaste tranquille. Faceva i compiti, poi andava dal vicino. I cartoni, la merenda, poi finivano a letto. Cose innocenti. Più che altro lo masturbava. Un giorno, il vicino gli disse che voleva provare una cosa. Gli aveva sistemato un cuscino sotto il sedere e gli aveva detto di tirare le gambe verso la pancia.

Dopo quella volta, tutto era filato liscio per un po', finché non erano comparsi i segni della pubertà. Peli e voce avevano iniziato a cambiare, e con loro anche l'atteggiamento dell'aguzzino. Pure Gaetano gradualmente era cambiato. Si era innamorato. Amava follemente quell'uomo.

Così, quando lui gli aveva chiesto di portare qualche amico, possibilmente più piccolo, l'unico pensiero era stato quello di compiacerlo, di trovare qualcuno, pur di non perderlo. Il panico era diventato una costante. Come avrebbe fatto, visto che tutti lo evitavano?

Gaetano iniziò ad andare a caccia per il suo amante. Gli interessava solo sentirsi dire che era stato bravo, che era il suo preferito.

«Amor, è tardissimo.» Anja si alza di scatto: «Se non vado a lavorare, stanotte sono botte». Moira fa per andare alla cassa. La placco.

«No, ti prego. Faccio io volentieri.»

«Ci mancherebbe, Moira. La prossima volta fai tu, promesso.»

«Va bene. Un buon pretesto per rivederci, allora.»

Le sorrido, ma ora sono appesa alla sua storia. Vorrei sapere cosa è successo poi, cosa è andato bene e cosa male. Le storie sono questo no? Un alternarsi di cose che non sembrano avere senso, male e bene, e felicità e dolore e schifo. Ci deve pur essere stato un momento buono per Moira, altrimenti vivere la sua vita non avrebbe senso.

Carbonasso

«Lei è bulimica. Non solo di cibo. È ingorda di tutto, di vita.»

Ingorda. Ma brutto idiota, spendo novanta euro per sentirmi dire l'unica parola che non voglio sentire? Ingorda. Ingorda. Ingorda. Ingorda.

L'altra terapista, quella brava, ci sarebbe arrivata con più cautela, scansando la mia rabbia. Invece, ecco 'sto deficiente che mi piazza una bella boccia di veleno. L'altra avrebbe detto: "Denis, è la depersonalizzazione che la rende ossessionata dalle cose, dal cibo, dalle parole, dalla vita".

Ok, questo fatto di avere due terapeuti è colpa del mio disturbo. Ma ingorda? Se lo dice un'altra volta scavalco la scrivania dello zio prete e gli tiro un pugno. Che poi, questa cosa dello zio prete... Cosa me ne frega a me di chi era la scrivania. Ho solo detto che è bella. Perché mi racconti la storia dell'albero che ha fornito il legno?

«Mi dica una cosa, Denis, è così ingorda solo di cibo e parole o anche di altro?»

Il Carbonasso si sporge leggermente in avanti per ridurre la distanza. Tiene le mani posate sul tavolo, i palmi aderenti al legno lucido che odora di Emulsio MangiaPolvere. Vorrebbe apparire professionale, mantenere l'aplomb del grande terapista che tutto capisce e tutto sa; invece, scambia il mio sorriso per imbarazzo.

«Be', sono ingorda di ogni cosa.» Uso di proposito la parola incriminata. La sottolineo calcando leggermente sulla vocale iniziale.

«Denis, le persone come lei funzionano esattamente così. Non hanno limiti e non sanno trattenersi.» Si ritira nel suo guscio di pelle marrone, ma le mani rimangono ancora al loro posto. Quanto gli piace apparire minaccioso, drammatico.

Gli sorrido di nuovo. Lo guardo dritto in faccia. In verità, fisso un punto alla radice del naso, tra gli occhietti piccoli e vicini. I suoi occhi sono stati il vero motivo che mi ha spinta a diventare sua paziente. La psicologa non è sufficiente: mi imbarazza mostrarle il mio lato sporco, nero, che a volte è fango, altre fogna; renderla un recipiente della mia rabbia. Così ho cercato lui. Città diverse, diversa la formazione, diverso il percorso terapeutico: junghiana lei, freudiano lui; mia coetanea lei, più maturo lui. E in questo studio, con la scrivania dello zio prete.

«Pensa di essere ingorda anche di dolore?»
Rieccola, la parola. Ingorda. Ingorda. Ingorda. Ingorda.
Ha ripreso a mangiucchiarsi le pellicine, la manicure approssimativa fa risaltare ancora di più le piccole chiazze rosse attorno all'unghia del pollice. Una è sul punto di sanguinare.
«Non saprei.»
«Non sa? Come, Denis, lei mi sorprende.»
Potrei vincere facilmente la partita e dargli quello che vuole, tipo il racconto morboso di qualche avventura inventata. Oppure, muovere il pedone contro la sua torre e lasciarlo in sospeso ancora un po', ad aspettare una risposta che sarà sempre parziale.
Ascolto il mio corpo, è rilassato. Fuori dalla finestra un albero ondeggia lentamente e sento il profumo di un glicine che mi invita a uscire.
«Sì, sono bulimica di dolore» rispondo.
Anche lui si rilassa, comincia a dondolare sulla sedia. Ha una smorfia soddisfatta sulla faccia.
«E, mi dica... come le piace provarlo?»
Eccolo. Che mi invento stavolta?
«La prossima volta parleremo delle sue fantasie sessuali» dice.
È una mia impressione o gli è aumentata la salivazione? Il conato istantaneo che segue questo pensiero è una risposta sufficiente.
Nemmeno si rende conto che anticipandomi l'argomento delle sedute mi permette di prepararmi la lezione comodamente a casa. Mi congeda con una stretta di mano molliccia, di quelle da signora bene con la serva. Lo disprezzo, e sarebbe interessante dirglielo per osservarne la reazione. Invece, gli racconterò di averlo sognato.
No, non è masochismo il mio, è sadismo in versione lusso.

Selli

Se dovessi pensare a una specie di migliore amica, probabilmente penserei a lei. Si chiama Selina, e immagino che il suo nome derivi da una qualche Céline. Dubito provenga dallo scrittore, i genitori della mia amica non mi sembrano grandi lettori. Quando penso che Denis è un nome da baracca, fortunatamente c'è lei a ricordarmi che i nomi orrendi sono altri, scaturiti dalle traduzioni oscene che in Italia vanno alla grande.

Ci siamo incontrate ai tempi della scuola, e, dopo un lungo periodo di tolleranza, siamo diventate amiche. Tolta Anja, Selli è l'unica altra donna che definirei così. In generale, frequento più uomini. Dipende dal fatto che lavoro in un ambiente maschile. Ma si tratta, appunto, di conoscenze.

Ci sono conoscenze più vicine, prossime, che implicano una certa assiduità; poi ce ne sono di più distanti, tipo i colleghi, gli uomini con cui mi vedo saltuariamente o i gruppi ai quali mi costringo a aderire, come gli ex compagni delle medie o il circolo dei lettori della biblioteca. Le prime, le definisco amicizie, termine che però trovo abbastanza inutile. Una convenzione sociale.

Selli è certamente un esserino interessante. Incarna un connubio di cultura trash, razzismo di rimbalzo e femminilità sciocca che me la rende quasi simpatica. È quel genere di donna che mi permette di simulare una qualche normalità. Non è stupida, almeno non credo lo sia, solo che ha scelto di avere la profondità di un trompe-l'oeil ed è riuscita a farmi ricredere sull'utilità di possedere una laurea.

Quando la psicologa mi ha suggerito di socializzare, all'inizio ho provato a imitare Selli, ma non è nelle mie corde. Se da una parte, infatti, apprezzo il suo cinismo di fondo, dall'altra è sempre un cinismo rivolto verso gli altri, me compresa, mai verso sé stessa.

Anch'io credo di essere cinica. Di certo sono poco empatica e sicuramente realista, con una buona dose di autoindulgenza.

Di recente, Selina ha rivisto Max. Non me l'ha detto perché teme il mio giudizio, e in tutta onestà fa bene. Che in fondo, se le piacciono i figli di puttana, chi sono io per criticarla? C'è solo il problema del poi: lacrime, disperazione, un fiume di parole su quanto è stronzo e coglione; insomma, il repertorio classico. Eppure, Max non riesco a condannarlo, non del tutto. Non le ha mai nascosto di che sostanza è fatto, merda, appunto. Certo, materia prima discutibile, ma almeno sincera.

Com'era quell'adagio? Se puzza di pesce, assomiglia a un pesce e nuota come un pesce, probabilmente è un pesce. Ecco, Max ha tutte queste caratteristiche: puzza, somiglia, agisce come un narcisista e se Selli non lo vuole capire, non posso farci niente. Rispetto più lui e la sua trasparenza che lei e la sua dipendenza affettiva.

I suoi drammi personali vengono prima di qualsiasi altra cosa; che poi si tratta di cose di una banalità infinita, tipo una crisi al lavoro, quali piatti prendere per la casa al mare, i messaggi di qualche corteggiatore. In effetti, lei agli uomini piace molto. Mi chiedo perché, dato che il suo essere carina non compensa del tutto il carattere impegnativo.

«È uno stronzo...» singhiozza.

«Sì, ma lo era anche tre mesi fa, un anno fa, due anni fa.»

«Ma che problema hai, che lo difendi sempre?»

Il mio problema sono le donne a metà. Non le comprendo, ma non penso sia un limite. Mi dispiaccio, certo, e qualche volta vorrei poterle aiutare, magari a modo mio, sturando loro la testa, spiegando che se con gli uomini non funziona è solo perché continuano ad attribuire loro sequenze logiche femminili. Ma gli uomini non ragionano così. I maschi hanno una struttura mentale differente, usano meno strategia. Prima le donne, anzi no, le femmine lo capiscono, prima faranno pace con quel mondo che si ostinano a desiderare e che ogni volta le ferisce.

Da ciò che la mia amica sta vomitando, capisco che Max deve essere scomparso per l'ennesima volta.

Mentre racconta, devo trattenere le risate. Sembra il manuale del perfetto narcisista patologico, libro che, se anche glielo regalassi, certamente si rifiuterebbe di leggere, troppo coinvolta per dar credito a chicchessia, anche fosse uno psicologo affermato. Meglio affidarsi all'oroscopo.

Eppure, il suo continuo blaterare certe volte è rassicurante, come il suo sentirsi così meravigliosamente figa. Sapere che lei non mi ritiene una minaccia o una possibile rivale stranamente mi tranquillizza. Il suo costante bisogno di essere al centro dell'attenzione e la convinzione che tutti la desiderino e che la considerino inarrivabile mi diverte e mi protegge. Finché guardano lei, ignorano me. Credo che la nostra sia una simbiosi perfetta. Lei assorbe, assimila, richiama a sé, io rifuggo e dunque mi rilasso. La mia analista direbbe che Selina maschera le proprie insicurezze con un atteggiamento aggressivo.

Certo che anch'io le amiche me le scelgo con cura. Se possibile meglio poche e pessime, binomio perfetto. Eppure, lo storico parla, un po' come nella contabilità aziendale. Ogni anno fai un bilancio che confronti con altri bilanci. Il tuo storico umano, personale, quello degli amici, quello degli amori, quello economico, tutti a confronto per capire come va, se va, e dove vai tu, in che direzione. Selli è uno di quei bilanci che finisce sempre in negativo. Tuttavia, eccola qui che ciancia, ciancia, muove costantemente la bocca. Evidentemente le piace ascoltarsi, e non si chiede mai se piace o no agli altri, se a qualcuno interessa quello che ha da dire.

Tra l'altro, Max non è nemmeno il peggiore che mi abbia rifilato.

Una volta, avevamo circa trent'anni, Selli mi aveva invitata a bere una birra per presentarmi il tizio con cui usciva, un barman di Padova che si esprimeva in modo vagamente schizofrenico. Io ero nella fase acuta dei miei disturbi alimentari, incapace di uscire dal tunnel della compulsione. Quando sfiori la soglia dei centosessanta chili, peso che ci metti un bel po' a pronunciare e che per i miei gusti ha troppe esse, ti devi difendere anche se non vuoi. Ti abitui a essere diversa, ti anestetizzi. Lo vedi tu allo specchio, te lo fanno notare gli altri in continuazione, ma non c'è modo di farti capire che ti stai distruggendo. Lo sai da sola che, se pesi come un piccolo rinoceronte o come un maiale di sei mesi, cuore, articolazioni e la garanzia firmata del diabete ti rendono la candidata ideale per disabilità varie o morte precoce.

Quando ti consigliano di non mangiare non capiscono che ormai sei nel fosso pieno di nemici della tua inesorabile fame, ma se invece dicono di accettarti per come sei allora non ti vogliono bene, perché tu così sei davvero troppo grassa, e inamabile. Paradossale, eppure dolorosamente vero.

Selli sembrava e sembra accettarmi per come sono, anche quando mi fa notare il mio peso con quella punta di cattiveria che io leggo come interesse nei miei confronti. Però, nel tempo mi sono accorta che spesso si tratta solo di opportunismo, perché io ci sono sempre per lei, giorno e notte, pronta a consolarla e a tirarla fuori dai guai senza mai chiedere niente in cambio, se non la sua amicizia.

Quella sera, comunque, una sera particolarmente autunnale, Selli, il suo bello e io ci eravamo seduti in un pub a bere. Era la prima uscita, una specie di presentazione ufficiale. Dopo un po' il discorso era caduto su un programma televisivo, uno dei tanti con veline e ninfette che ballano. La mia amica aveva fatto un commento su una delle ragazzotte del programma: «Sono tutte delle superfighe, possono anche non saper fare nulla...».

«Perché non hanno mai visto me ballare.» La mia era ovviamente una battuta, ma il tipo aveva il senso dell'umorismo di un nano in gesso da giardino.

«A me quella fa sesso perché mi ricorda Selina» aveva detto, serio.

«Prego?» avevo chiesto, ignorando l'allarme che di solito mi invita a tenere la bocca chiusa.

«Guardala, è una meraviglia... Mentre tu, be', dài, sai cosa sei...»

Non capivo perché eravamo passati dal parlare di una velina al criticare me. L'allarme ormai era assordante, ma la mia espressione doveva essere piuttosto curiosa, visto che lui si sentì invitato a proseguire.

«Tu sei consapevole di non essere esattamente una figa. Fossi te mi accontenterei del primo che si presenta, perché non mi sembri una che può scegliere.»

«Stavo scherzando, eh...» Non voleva essere una scusa, anche se pure alle mie orecchie suonava tale.

Lui mi aveva osservato per qualche istante, poi aveva annuito.

«Sì, certo, ma se lo fai è perché sei consapevole di non essere una bellezza.»

Non so se mi ero sentita più ferita da quelle parole o dal fatto che Selli, la mia amica, non aveva detto niente. Si era limitata a baciarlo e a ringraziare per il complimento.

Io non avevo saputo ribattere. Non avevo saputo difendermi.

Credo che quella fu la prima volta in cui quasi mi ubriacai. Ma, dato che non perdo mai il controllo, non ero riuscita ad andare fino in fondo, limitandomi a dargli ragione.

D'altronde una come me è inamabile. E di cosa mi dovevo sorprendere? Della verità? Per un po', io e lei smettemmo di vederci.

Ma quelle parole, nonostante siano passati quasi quindici anni, ancora mi feriscono.

In-amabile. In-adeguata. In-degna.

Inamabile, inadeguata, indegna.

Insensibile.

La Psicologa

Il fatto è che non sopporto i cambiamenti, mi mettono di cattivo umore.

Gradualmente, nel nucleo originario dei vicini che ho imparato a identificare e tollerare, hanno iniziato a verificarsi delle anomalie. Alcune famiglie se ne sono andate e, col tempo, sono state sostituite da altre di etnia diversa. Vedere facce nuove per me è una sensazione devastante. Dovrei sforzarmi di conoscere gente, non di evitarla, e dovrei rilassarmi.

Mi sono spesso domandata se questa mia fissazione sia frutto di una qualche forma di razzismo oppure del bisogno di controllare ciò che non conosco. In verità, mi danno fastidio tutti, e per ottime ragioni: se troppo scuri, non posso verificarne l'igiene; se troppo gialli, significa che trafficano in cose scadenti e puzzolenti; la gente dell'Est, mi sembra eccessivamente litigiosa. Gli italiani, li evito e basta: il fatto che io capisca cosa dicono è una ragione sufficiente per non interagire con loro.

Nella mia indifferenza verso il mondo ci sto bene, però tutte le eccezioni, le variazioni, tendono a spiazzarmi e a stupirmi. Le rare volte che il mio ritmo circadiano torna alla normalità, noto cose che mi rendono ansiosa. Yussef è una di queste variazioni. La prima volta che l'ho incontrato rientravo dal lavoro. Era alla fermata dell'autobus. All'inizio non ero sicura che vivesse nel mio quartiere, ma poi ho cominciato a individuarlo anche in farmacia o dal fruttivendolo. Da quanto ho capito, abita a meno di un centinaio di metri da casa mia. Ora il mio circondario è popolato da otto indiani, due senegalesi, tredici moldavi e Yussef, che ancora non so se è solo o se è qui con la famiglia. Ho idealmente disegnato un cerchio attorno a me, e tendo a tenere il conto di chi vive all'interno di quest'area e a rilevare ogni alterazione.

Ne ho le scatole piene di tutta questa gente attorno. Più è strana, emarginata, incasinata, più la attiro. Per extracomunitari, transessuali, travestiti, prostitute e rivenditori di panini unti sono come il miele per l'orso Yoghi. E lei mi chiede perché sto così bene nel mio silenzio siderale? Certo, le scelte di vita che ho fatto mi hanno in parte precluso delle frequentazioni normali, ma non mi dica che non ci ho provato, perché è quasi un secondo lavoro cercare di normalizzarmi. Scaricare un'app di incontri, costringermi a vedere persone e posti che nemmeno morta frequenterei, quest'analisi, la mindfulness... Mi mancano lo yoga, l'idrocolonterapia e una benedizione dal Santo Padre. E cosa ho ottenuto? Niet, nada, nix, rien de rien. I manuali dicono che quelli come me non sono empatici, anzi, spesso ci definiscono come soggetti con "grado di empatia zero". Suonerebbe fico se non fosse falso: sentiamo e comprendiamo il dolore altrui, solo che non sappiamo come reagire, quali risposte o comportamenti dovremmo avere. Quello che in me viene percepito come aggressività o indifferenza, spesso è solo il tentativo di interagire con la situazione: ma mi è più facile arrabbiarmi che abbracciare. Il contatto umano è sempre stato un problema, vivo come una tortura toccare e lasciarmi toccare. E mentre gli altri sentono un bisogno insano di circondarmi con le braccia, io ricorro alla tanatosi come filosofia esistenziale. La parte più tragica è il sesso: ci ho messo anni a capire come dovevo rapportarmi all'altro. All'inizio parlavo e ansimavo, poi invece ho capito che agitandomi come durante un attacco epilettico funzionava meglio: quello si sentiva un superuomo, veniva e ciao, me lo scrollavo di dosso ripristinando la distanza e l'indifferenza iniziali.

A questo punto penso che non dipenda da sindromi, disturbi o coazione a ripetere qualche meccanismo appreso da genitori o amici, ma che dipenda dal fatto che non tutti siamo predisposti alle relazioni sane. Selli, Anna, Anja, ma anche gli uomini di cui mi circondo sono persone con dinamiche tossiche o disfunzionali e io, da brava pifferaia di Hamelin, me le raccatto tutte. E quando entrano nella mia vita, ci restano per un tempo indefinito, per settimane, mesi, qualche volta anni; comunque troppo a lungo.

Forse me la merito, la solitudine, e stare nella mia bolla è la cosa migliore che possa accadermi. Loro, lì fuori, ad agitarsi per la sopravvivenza in un mondo che, quando va bene, non li capisce e quando va male non li vuole, mentre io marco visita: "Signorno, signore! Il soldato Denis non si è presentato all'appello, signore. Il soldato Denis non è pervenuto, mai venuto al mondo".

E comunque, non mi si venga a dire che sono solo io quella che a fine sesso trova il momento in cui si accasciano su di noi piuttosto fastidioso: sudore, peso, qualche volta la fiatella. Eddài, sarà mica bello, no?

Secondo Selli, fingo di essere imperturbabile e insensibile, millanto una durezza che in realtà non esiste. In parte ha ragione: ho anch'io dei punti deboli, delle fenditure da cui entrano sentimenti e sensazioni che mi fanno quasi credere di avere un cuore. Ma è anche grazie a lei e all'allenamento a cui mi sottopone che sono diventata impermeabile a qualsiasi forma di sarcasmo o ironia.

Poi ci sono esseri, tipo gli animali, che mi muovono qualcosa dentro. I gatti, soprattutto, sono capaci di commuovermi quando, con l'indolenza che li contraddistingue, si impossessano di te. Dormono, si siedono, si accucciano usandoti come cuscino o grembo materno, facendoti sentire cos'è l'appartenenza. Te lo comunicano perentori: mi appartieni, sei mia, hai il mio odore e sei la mia umana e tu senza di me non hai alcuna speranza di sopravvivere. Chi altri ha questa capacità? Nessuno. Qualche mamma dirà che un figlio può darti questa sensazione, ma davvero ti fidi? Hai pur sempre generato un essere che ha solo la metà dei tuoi geni, l'altra appartiene a un tizio che forse amerai per un certo periodo di tempo ma che, più probabilmente, dovrai sopportare come si sopporta una malattia autoimmune incurabile, di quelle che al limite puoi sperare vadano in remissione.

Per quanto possa sembrare strano, Anja è la mia umana e io il suo gatto, perché sento costantemente il bisogno di proteggerla, di tenerla al sicuro, soprattutto dalla vita che fa. Eppure, di una cosa sono certa: vale anche il contrario, Anja prova gli stessi sentimenti nei miei confronti.

Il punto è che, per quelle come me, alcune parole, tipo ragionevole, semplice, normale, non hanno senso: e non perché io sia strana o completamente pazza, ma perché non hanno davvero senso quando vivi una vita fatta di necessità.

La verità, quella vera, quella che fatico a dire, è che ho imparato a non esistere, sepolta sotto un quintale e mezzo di grasso, nelle notti di Marghera o nelle relazioni cupe e impossibili con persone che, alla luce cruda del giorno, non sono altro che patetiche maschere. Se togli alla puttana il trucco e i vestiti, togli al carabiniere la divisa, togli ai pescatori la puzza, togli ai miei colleghi la loro pseudoesistenza, togli ad Antonio i suoi panini immangiabili e il caffè velenoso, cosa rimane? Cosa resta sui nostri corpi? Quando hanno tolto il grasso dal mio, cos'è rimasto? Niente. Non è rimasta che un'orrenda devastazione.

Sto ingrassando ancora. Cortisolo sommato a cibo spazzatura, sommato a stress, sommato a poca attività fisica. Hai voluto, Denis, lavorare di notte? Adesso cuccati gli effetti collaterali delle tue scelte, beccati i rifiuti, beccati la frustrazione, beccati la segregazione che tanto desideravi.

Lo ammetto, le vite degli altri sono impossibili da scansare. Se qualche buffa divinità ha deciso di farmele incrociare posso fingermi morta quanto mi pare, prima o dopo arriveranno.

Anja

Trovo Anja seduta sulla panca, davanti al furgone di Antonio. Sta mangiando di gusto un panino farcito con la qualunque. L'odore delle cipolle arrostite all'una di notte mi prende allo stomaco.

«Ma come fai?»

«Amor, io fino a domani sera non mangio altro, ho una fame da lupi.»

Si vede. Dà dei morsi giganteschi cercando di non sbavarsi il rossetto indelebile che ha messo per la nottata.

Attendo che ingoi l'ultimo boccone, poi beve un sorso di acqua gassata, fa un piccolo rutto e dalla borsa estrae uno spray che si spara in bocca.

«Non me baciano mai, ma un pompino alla cipolla non piace a nessuno. E poi, la regola la sai...»

«Niente profumi strani, che poi le mogli s'accorgono» completo la frase.

Una Yaris lilla si ferma poco distante. Alla guida c'è una bionda con una cotonatura anni Ottanta; l'altra non la vedo, troppo in ombra.

«Sono arrivate le tue amiche» dice Antonio, indicando l'utilitaria.

Anja si alza in tutta fretta e raccoglie le sue cose.

La Yaris si allontana non appena la vede indirizzarsi verso la strada.

Quando l'auto sparisce dal suo campo visivo, la mia amica mi fa cenno di raggiungerla.

«Ma perché non le denunciate?»

«Si vede, meu amor, che sei una ragazza perbene.»

«In che senso?»

«Perché credi ancora che la giustizia stia dalla nostra parte.»

«Non ci sta?»

«No, amore, non ci sta.»

Cala un istante di silenzio, in strada non passa anima viva. Anja riprende la bomboletta spray e si dà un'altra ripulita all'alito.

«Vedi, Denise, questa strada è una specie de selva... Come dite in italiano dove stanno gli animali tipo il leone?»

«Un bosco?»

«No, de più, come l'Amazonia...»

«Ah, una giungla.»

«Da noi se dice selva. Comunque, vedi che ci siamo noi, le gazele...»

«Gazzelle.»

«Sì, le gazele. Poi ci sono i coccodrilli, che sono i clienti, e gli *onças*, i giaguari, che sono la polizia. Entrambi predano noi. Raramente un giaguaro prova a catturare un coccodrillo. Meglio noi, che siamo prede facili.»

Non l'avevo mai vista in questo modo. Anja scruta dalla parte del cavalcavia per vedere se la Yaris ricompare.

«E ce sono le *leoas*, le leonesse. Le bulgare che cacciano per il Re, che però possono essere attaccate dai giaguari e dai *crocodilos*.»

«Non credo di capire, Anja. Non capisco dove vuoi andare a parare.»

«Io so com'è fatto un leone, so come sono fatte le leonesse e so come sono fatti i coccodrilli e i giaguari, ma non so come sono fatti i cobra.»

«E chi sono i cobra?»

Anja mi fa una carezza tenera.

«I cobra sono i capi che sostituiranno il leone se i giaguari lo fanno fuori; e i serpenti sono pericolosi, perché non li senti arrivare.»

Lavoro

Si parla spesso di quanto siano intelligenti le scimmie o i delfini. Della perfezione naturale del tartufino dei cani, della bellezza e della grazia dei gatti, della resistenza polmonare delle balene. Della velocità dei rapaci in picchiata, della potenza muscolare dei grossi felini o dell'ippopotamo.

Ma nessuno dice che il polpo ha tre cuori, che è in grado di svitare i tappi dei barattoli, di mutare colore come il camaleonte, di mimetizzarsi sul fondale come gli insetti stecco tra i rami.

Eppure, un cane o un gatto non li mangeremmo mai, così come non mangeremmo un coguaro o un ippopotamo, mentre il polpo con le patate è la morte sua.

Se fossi una veneziana tipica a questo punto bestemmierei, ma non l'ho mai fatto e non comincerò adesso. Però, santamadrededios, che fatica.

Sul "Gazzettino" di qualche tempo fa è comparsa la notizia che un extracomunitario, per fame, si dice, si sia cucinato un gatto davanti alla stazione di solo Dio sa dove.

Al capannone hanno commentato in vari modi l'accaduto, tutti difendendo il gatto con un'indignazione che faceva ridere. Mentre infilavamo la mano dentro le seppie per svuotarle, c'era un risentimento generale verso quel disgraziato.

Pasquale, come sempre, ha pontificato sugli immigrati e sulle loro abitudini alimentari aliene; i musulmani si sono subito affrettati a dire che era *haram*, che Dio non vuole; la rimanenza dei colleghi si è schierata a difendere il povero micio.

Me ne sono rimasta in silenzio per non rispondere sempre in modo caustico, soprattutto a Pasquale, che ancora si ostina a fare questa cosa brutta del respirare ossigeno.

Beppe mi osservava. Sembrava attendere una mia reazione e, non vedendola arrivare, ha pensato bene di provocarla.

«Tu hai un gatto, vero?»

«Avevo.»

«Oh, mi spiace. Immagino che la cosa ti faccia stare male, la notizia, intendo.»

«Non più di tanto.»

«In che senso? Ma tu non sei vegana?»

«Sì, certo, ma non vado a schiantare le palle a chi mangia carne. In particolare, a chi ha fame e non ha altro da mangiare.»

«Eh, vabbè, ma un gatto?»

«Intendiamoci, Beppe, io sono per l'ecumenismo alimentare. Nei supermercati, per correttezza, vicino al tuo manzo e alle tue cotolette di pollo ci dovrebbe stare il cane.»

«Ma sei matta?»

«Michel non mangia maiale perché è *haram*, giusto?»

«Sì, giusto.»

«In India niente mucche, in Gran Bretagna niente cavalli.»

«Esatto.»

«Dunque, quello che per noi è consentito per altri no, e viceversa. I cinesi mangiano la qualunque. Invece di multarli se gli trovano in frigo la nutria o il cane, perché vicino alle vaschette di maiale, manzo e struzzo non ci mettono quelle di cane, gatto o varano del Madagascar? Così ognuno troverebbe cibo controllato e nessuno dovrebbe far fuori di nascosto i teneri quadrupedi. Se la discriminante è meramente affettiva, a questo punto io sto con i cinesi, che si allevano il cane per farselo al forno.»

«Eddài, ma se era il tuo gatto finito arrosto?» si è intromesso Michel con il suo italiano stentato.

«Zitto tu, terrone.» L'ho buttata sul ridere. Michel è un cuor contento ed è stato allo scherzo.

Anche Beppe rideva. Mi ha dato una pacca cameratesca sulla spalla.

«Sarai anche vegana e dalla parte degli animali, ma con gli umani sei un'emerita stronza.»

«E non solo...»

Pasquale, sentendosi escluso dal momento di allegria, ha tentato di fare squadra, mancando però l'obbiettivo.

«C'è un nome per quelle come te» ha detto stirando le labbra in un sorriso divertito.

«Immagino.»

La risposta lo ha spiazzato, tanto che è tornato nella sua caverna a girare legnetti per accendere il fuoco.

Anja

Viale Fratelli Bandiera è un tappeto di foglie. Il vento si è fatto frizzante e comincio a sentire la necessità di una giacca in più. Non so come fa Anja a stare quasi nuda, anche perché le auto smuovono aria fredda quando passano. D'inverno, tiene la sua pelliccetta assurda aperta su scollature e spacchi che tanto varrebbe non vestirsi affatto.

«Siedete sul muretto, amor.»

«Tu non ti siedi?»

«No, che se le stronze me vedono sono botte.»

Anja si è fatta eclissi, riparandomi gli occhi dal lampione. Sono queste sue gentilezze che mi fanno capire quanto cuore c'è sotto quelle tette scelte su uno scaffale. Controlla che lo spacco cada nel punto giusto e stiracchia la maglietta. Mi porge una bottiglietta d'acqua.

«Bevi prima tu.» Spinge la bottiglia verso di me.

«No, bevi tu per prima.»

«Fidate, amor, meglio che bevi tu per prima.» La cosa la fa ridere. A me genera un conato di disgusto che maschero con un colpo di tosse.

«Mannaggia a te, Anja, mi si sono ripresentate le paste della comunione.»

Ora si sta proprio sbellicando. Si tampona con un fazzoletto un'invisibile colatura di mascara. Lo fa platealmente, per indispettirmi ancora di più.

«Amor, sono i rischi che si corrono ad avere come amica una puttana.»

«Sì, va bene, ma perché io devo sapere cose che non voglio sapere? Tipo dove metti la bocca?»

Il vento spazza le foglie del viale, le trasporta verso Malcontenta. Anja si guarda intorno con attenzione. Fissa ogni passante a piedi e in bici, e dopo qualche esitazione si siede accanto a me, cercando di ripararsi dietro a una piccola siepe.

Medita in silenzio, facendo rotolare, con la punta dello stivale bianchissimo e lucido, un sasso quasi dello stesso colore. Mi ricorda certi gatti che spostano gli oggetti più volte, prima di gettarli giù da qualche mobile. Stiamo zitte per un po'. Io osservo le luci delle fabbriche. Una ciminiera in lontananza sfiata gas di dubbia provenienza. Qui lo sanno anche i bambini che, per decenni, le ciminiere hanno vomitato nell'atmosfera merda di ogni genere. Diossina, fosgene e ogni altro tipo di schifo. Di notte, fumate bianche che al Vaticano se le sognano; e poi, i morti. Quanti morti ha fatto Porto Marghera? Tra l'amianto e gli scarichi in aria di vittime ce ne sono state tante, troppe, e quando sentiamo quello che combinano a Taranto o in altre città del Sud, noi annuiamo. Mestre, Marghera, Malcontenta e la stessa laguna. Anzi, no, Laguna, con la L maiuscola, perché qui la Laguna è come una persona, per noi non ne esistono altre, esiste solo lei, la Laguna di Venezia.

Mia madre mi raccontava spesso storie della guerra e di come la Laguna abbia nutrito tutte le zone limitrofe. Non c'è stata famiglia di Campalto, di Malcontenta, di Mira, oltre a quelle di Marghera, di Mestre e di tutte le isole dell'estuario, che per placare la fame non si sia attaccata alle sue mammelle generose; per questo tutti qui la rispettano. Magari i mestrini e i veneziani non se le mandano a dire e il ponte lo vorrebbero far saltare, sono come i separati in casa, ma la Laguna mette tutti d'accordo anche se ora è una madre sterile, sotto non c'è quasi più niente, solo melma, alghe e qualche siegolo immangiabile.

«A che pensi, amor?»

«A niente. Ai pesci.»

«Devi andare al lavoro? Sei in ritardo?»

«No, pensavo al fatto che nella laguna di Venezia una volta c'erano pesci e adesso c'è solo veleno.»

Anja si limita ad annuire e a spostare il sasso.

«E tu, a cosa pensi?» le rigiro la domanda.

«A una cosa che ho letto oggi sul sito di annunci che uso per farme pubblicità.»

«Una cosa tipo: "Piacente signora brasiliana riceve..."» ridacchio.

«Sì, più o meno. C'era un commento cattivo che diceva che noi non siamo donne. Siamo e rimaniamo uomini, perché noi non abbiamo il ciclo o non portiamo avanti una gravidanza.»

C'è qualcosa nella voce di Anja che non so definire, malinconia, o forse rassegnazione.

«Dovresti arrabbiarti, Anja. Non subire, ma arrabbiarti.»

«Oh, lo faccio. Ma mi sembra una guerra che non vincerò mai.»

«No, non c'è speranza. Però è giusto provarci e portare a casa magari piccoli successi.»

«Quando ero ragazzina, me sono resa conto che se qualcuno me chiamava Angel non era un problema. Lo diventava quando dovevo dire: "Io me chiamo Angel". Non ci riuscivo, e così dicevo a tutti de chiamarme Angela.»

«E i tuoi genitori?»

«Mio padre all'inizio non capiva. Trovava la cosa, come dire... un gioco, una recita.»

«Immagino.» E provo davvero a immaginare cosa avrebbero detto i miei se avessi annunciato che Denis non aveva solo un nome maschile, ma anche un'identità.

«Mia madre ha riso un pochino e poi ha detto che in fondo lei lo sapeva.»

«Quando è nata Anastasja?»

«Oh, lei è nata in Italia. Ho fatto la transizione qui.»

«Pensavo che il Brasile fosse all'avanguardia.»

«Sì, lo è per la chirurgia. Ma io ero qui per studiare. Volevo vivere a Recanati.»

«Oh, mamma. Non ho la più pallida idea di come sia.»

«Male, meu amor. È un borgo magnifico.» Fa una pausa.

«E comunque hanno ragione, ovviamente. Io non posso essere donna biologica, ma non è il ciclo il problema, o la barba, o quello che gli pare. Certo, non conosco il dolore mestruale, ma so cosa si prova a non poter diventare madre. È un dolore così differente, Denise?»

Non ci ho mai riflettuto veramente. Mentre Anja mi getta addosso le sue frustrazioni, mi rendo conto di quante cose io dia per scontate del mio essere donna.

«Anja, io però non riesco a considerarti un uomo.»

«Perché tu sei una bella persona, Denise, anche se ti atteggi da dura. Sei bella. Ma gli altri, questo sforzo di correggere quello che è un errore non lo fanno.»

«Credi che se ti operassi la tua vita sarebbe differente?»

«Non so, amor. Se loro pensano che io sia un uomo perché non ho il ciclo, allora cosa cambia se invece di una banana ho tra le gambe una patata?»

Una Audi si ferma davanti a me. Il finestrino si abbassa e un tizio con l'accento dell'Est mi chiede se voglio salire. Anja si alza in piedi e si mette tra me e lui, tornando a essere eclissi.

«Ammmmore, lei non è merce in vendita. Qui invece è tutta roba buona.»

Anja usa la voce da trans, quella nasale e stridula. Infatti, l'uomo tira su il finestrino e riparte senza salutare.

«Vedi? Se avessi usato la vocina di Anja forse mi avrebbe imbarcata.»

In lei riconosco Anastasja, che ha costruito con anni di pazienza e fatica; intravedo Angel, che si nasconde nel profondo, lontano, in una zona franca tra il passato in Brasile e un presente fatto di una benda elastica e dei jeans scuri in un motel di Mestre; e poi c'è quell'ibrido che segretamente chiamo Angel-a, un embrione che non sapeva ancora definirsi, una travestita o una checca, qualcosa che non aveva nessuna forma, nessun aspetto, solo una voce che sembrava lo scimmiottamento di quella di una donna.

«Se i parametri fossero solo il mestruo o la gravidanza, allora le donne sterili o che non hanno il ciclo cosa sono?

E poi, se non riescono a vedere che persona stupenda sei, allora che si fottano.»

«No, amor, sono io che li fotto. E loro se la godono.» Scoppia a ridere. «Me metti sempre de buon umore, Denise. Sei meglio del Prozac.»

Si alza, riprende a sistemarsi la tenuta da lavoro.

«Se te bacio sulle labbra, non è che poi vomiti?»

«Non ci provare.»

«Sei una gran stronza, ma ti adoro.»

Lavoro

Vorrei poter usare le cuffie, ma il capo non ne vuole sapere. Già tollera a stento la radio, figuriamoci se mi permette gli auricolari.

Non ne posso più: cosa ha fatto l'Inter? E come è andata la Nazionale? E hai visto il Moto GP? Ieri sono uscito con una figa.

No, davvero. Tutte le notti la stessa storia. Non fanno nemmeno lo sforzo di rivolgermi la parola. Ogni tanto capita che qualcuno mi chieda di passargli qualcosa, ma in linea di massima loro ignorano me e io ignoro loro. Non è nemmeno malaccio come cosa, però, dài, almeno le cuffie vorrei tenerle, magari una sola.

«Ma chi sceglie la stazione?» chiedo, esasperata dall'ennesima cover agghiacciante.

Beppe solleva il mento a indicare Pasquale il laido.

«Non c'è modo di cambiare?» Il mio tono speranzoso lo fa ridere, mentre accenna di no con la testa.

«Ci abbiamo provato. Appena va ad accendersi una cicca, cambia di nuovo.»

In sottofondo, la voce della Nannini. Uno dei rari brani sensati ascoltati stanotte.

Pasquale canta fuori tempo, cambia le parole, aggiunge frasi. Lo fa di proposito, giusto per dare fastidio.

«Quando non sono puttane, sono lesbiche» commenta poi in tono sufficientemente alto da attirare la mia attenzione.

Beppe posa una mano sulla mia. Bisbiglia: «Non dargli retta».

Ci provo. Lo ignoro e continuo a concentrarmi sul lavoro.

«Ti trattano come un bancomat, fin che ti gà i schei... ma quando dici basta, sono pronte a darla ad altri. Tipo l'ucraina.»

L'ucraina in questione è la sua ex, che in realtà parla in dialetto meglio di me visto che i suoi genitori sono immigrati qui negli anni Settanta. Lo sforzo di non ascoltarlo è enorme. Le frecciatine nei confronti della sua ex in pochi istanti diventano insulti verso le donne in generale. Beppe continua a sussurrarmi di far finta di niente. Alla radio passa il notiziario. Quello di ieri. Lo speaker commenta la notizia di un ragazzo che si è ucciso buttandosi nella laguna. Un extracomunitario con tanto di permesso di soggiorno.

«I sta ben morti tutti» sentenzia.

Poi dice qualche altra cattiveria in dialetto. Le pompe fanno troppo casino e lui, stavolta, bada bene di non alzare troppo la voce. Però si capiscono le parole "sporchi" e "merda".

Il capo non dice niente. Se ne sta serio, perso nei suoi pensieri. Io sento la rabbia friggermi la pelle. Sono le cinque e dieci. Mi levo grembiule e guanti, mi lavo le mani e vado a preparare la colazione. Chiedo a tutti cosa vogliono. Lui vuole un macchiatino.

Non fa uscire la voce, muove solo le labbra. "Macchiatino."

Mi avvicino: «Cosa vuoi?». Scandisco le parole come se parlassi a un ritardato.

Le sue labbra sillabano mute: "Mac-chia-ti-no".

Ripeto la domanda. Stavolta con un tono più alto.

«Te lo domando in dialetto: cossa che ti vòl?»
Il capo risponde per lui: «Vuole un macchiato».
Non do retta a nessuno. Fisso Pasquale.
«Ma come? Per dare della puttana a qualcuna o per volere tutti morti ce l'hai la voce, e per uno schifoso caffè non riesci nemmeno ad aprire la bocca?»
Abbassa lo sguardo. Io mastico acido.
Beppe mi prende per la maglia e mi strattona via.
«Adesso gli sputo nel caffè, a quel demente» sibilo.
Il capo mi lancia un'occhiataccia. Scommetto che dopo mi aspetta una reprimenda.
Pasquale attende che esca dalla sala. Mi chiudo la porta a vetri alle spalle. Mi giro a guardare i colleghi. Lui si sta rivolgendo a Beppe con un sorriso. Sulle sue labbra leggo: "Tutte puttane".
Gli sputo nel caffè. Stavolta davvero.

Moira

Anja ha un raffreddore pazzesco. Non ha una gran voglia di uscire e preferisce starsene davanti alla TV. Vuole che vada a farle compagnia, e anche se Selli mi aveva proposto di andare per mercatini, vista la domenica uggiosa credo che accetterò la condivisione di divano e copertina. Entrambe adoriamo la saga di *Alien*, così l'idea è quella di spararci la maratona.
«Portate una tuta o un pigiama.»
Prima di arrivare al residence mi sono fermata in farmacia a prendere un decongestionante nasale, magari la aiuta a respirare meglio.
«Senti, ma Moira... La sua cicatrice?»
«È una brutta storia.»
«Me lo hai già detto, me la racconti?»

«Meglio se lo fa lei, sono affari suoi.»

A metà del secondo *Alien*, bussano alla porta.

Anja si alza, portando con sé la coperta. Sembra un fantasma.

«Moira! Endra.»

La donna esita, evidentemente non si aspettava di trovarmi sdraiata sul divano.

«Come stai, bimba? Il raffreddore?» chiede, premurosa.

«Daso chiuso. Non si sdappa mai.»

«Ti ho portato delle arance. Mangiane un po' durante la giornata.»

«Vuoi favorire?» Anja mostra a Moira il tavolino con tutto il necessario per sopravvivere al raffreddore: torta alle carote, bevande calde e fredde, biscottini, pizza e popcorn.

«Ah no, sono a dieta, grazie» rifiuta lei cortesemente, ma intanto scruta il televisore.

«*Alien*! Piace tanto anche a me.»

In un attimo sul divano siamo in tre a guardare il film.

Verso le sette della sera, facciamo una pausa. Anja va a fare la doccia per "togliersi le tossine".

«Moira, sono indiscreta se ti chiedo di quelle?» Indico le sue cicatrici.

«Non mi piace molto parlarne. È successo davvero una vita fa.»

«Se è un problema, non importa.»

Se ne sta in silenzio per un po'. Fissa lo schermo, credo stia meditando su cosa dirmi.

Dopo un tempo che pare interminabile, la sua voce mi sorprende.

«È stato mio padre.»

«A fare cosa?»

«A farmi queste. Mi ha dato fuoco.»

Immagino che la mia faccia incredula parli per me.

«Come fuoco? Ti ha ustionata?»

«No, mi ha dato fuoco. Voleva cuocermi.»

«Ma perché?»

«Perché ero un frocio. Una checca. Avevo diciassette anni, era il 28 luglio del 1979.»

Mentre parla, Moira non mi guarda in faccia. Io sto in silenzio, quasi non respiro per il timore che smetta di raccontare.

«Ci hanno provato, loro, a farmi fuori, ma non ci sono riusciti.»

Il suo sguardo triste è distante. Sento Anja che canticchia in bagno, il rumore bianco dell'acqua che scorre. Moira si tocca il viso, sfiora il braille delle cicatrici che le raccontano per la milionesima volta quello che è successo. Non so più se ho voglia di saperla, questa maledetta brutta storia, evito perciò di chiedere oltre.

«Ti va qualcosa di alcolico?» La domanda mi spiazza.

«Mi andrebbe, ma Anja non beve. Credo che l'unica cosa che assomiglia all'alcol, qui dentro, siano quelle due mezze birre analcoliche che ho portato io.»

«Vado da me. Ci impiego un secondo.»

Esce. Sento lo schiocco della serratura del suo appartamento che si apre. Nemmeno cinque minuti dopo è di ritorno. Anche Anja è uscita dalla doccia. Ci guarda disgustata non appena intercetta la bottiglia di Johnny Walker in mano a Moira. Lei se ne versa una dose generosa in un bicchiere da acqua preso dallo scolapiatti. Ne versa una dose impegnativa anche a me. Ne beve subito un sorso. L'alcol sembra abbattere lentamente il muro di vergogna e dolore che si porta dentro. Si siede, guarda Anja vestirsi davanti a noi. Ha un corpo efebico, glabro. Si vede che le tette sono un artificio in quel fisico asciutto. Mi prendo una fetta di torta alle carote, mastico lentamente per il timore di non sentire la voce bassa e calda della donna seduta davanti a me.

Moira inizia a raccontare.

Aveva scelto il liceo. Non perché gli piacesse veramente, solo perché era in un'altra città, a un'ora di autobus. Pensava, ingenuamente, che l'orecchio gigante della sua famiglia non sarebbe mai arrivato fino a lì, e poi Catanzaro era grandissima.

Prendeva la corriera alle sei e mezzo del mattino, si tuffava in un fumetto o si limitava a guardare il mondo scorrere fuori del finestrone.

Il vicino, nel frattempo, si era ammalato. Cancro. Qualcuno aveva sussurrato che, visti certi vizietti, era stato avvelenato. Dunque, aveva pensato Gaetano, tutti sapevano che il galoppino di suo padre aveva certe fantasie. Probabilmente sapevano anche dei bambini che andavano a casa dell'uomo nel pomeriggio. L'importante, comunque, era che non sapessero di lui, che nessuno si fosse accorto.

Da tempo non faceva più da intermediario. Eppure, alla storia del preferito lui ci aveva creduto. Ed era stato geloso. Fino a che erano stati in tre gli altri erano solo un passatempo, il finale era sempre destinato a lui. Ma a un certo punto non aveva più potuto partecipare, non serviva più. Probabilmente, il cuscino sotto la schiena lo aveva ereditato qualche altra puttanella.

Dopo che il vicino gli aveva intimato di non ripresentarsi, perché ormai era finita, Gaetano aveva smesso per settimane di mangiare. Sentiva la mancanza di quelle attenzioni, di essere vivo per qualcuno.

Il liceo era stata una liberazione, in tutti i sensi. Nascosto nella folla poteva fare quello che voleva. A volte si prostituiva in bagno durante le pause, altre negli spogliatoi della palestra o tra gli alberi che delimitavano il campo da calcio della scuola. Guadagnava bene. Rimaneva però un ragazzo schivo, di poche parole, senza una relazione umana che fosse di semplice amicizia.

Un giorno, al bar davanti all'istituto, aveva conosciuto Antonino. Anche lui veniva dal paese, solo che la scuola l'aveva lasciata dopo le medie e si era subito messo a lavorare. Antonino aveva diciotto anni e come Gaetano aveva gli occhi chiari e i capelli quasi rossi. I due al primo sguardo potevano sembrare fratelli.

Si vedevano dopo le lezioni, facevano la strada insieme fino alla fermata, si sedevano in fondo al bus e per tutto il tempo chiacchieravano.

«Si dice che a te piacciono gli uomini.» Era l'ultimo giorno di scuola e Antonino se n'era uscito con quell'affermazione. Gaetano lì per lì non aveva risposto. Al momento di salutarsi, Antonino lo aveva spinto dietro la pensilina e lo aveva baciato.

«Anche a me» aveva sussurrato tra un bacio e l'altro.

Per una settimana non si erano più visti. I primi giorni di vacanza erano sempre una bolla strana, dove gli orari metabolizzati con le levatacce andavano cancellati a suon di pigrizia e ribaltamenti dall'altra parte del letto.

Poi, Gaetano aveva sentito la mancanza di Antonino ed era andato ad aspettarlo alla pensilina del bus. Il paese era una trappola e per evitare di farsi vedere avevano iniziato a incontrarsi al vecchio casolare del Gallo, un rudere abbandonato a circa due chilometri da casa di Gaetano.

«Scendi.» La voce di suo padre, Nunzio, era arrivata secca come una fucilata. «Scendi, maledetto, scendi.» Gli teneva il fucile puntato addosso, mentre suo fratello Sandro legava le mani di Antonino alla portiera della Panda. Poi, l'odore della benzina e le urla.

Gaetano si era accasciato sulle ginocchia, la bocca del fucile non lo perdeva di vista.

«Un figlio frocio mi doveva capitare in sorte, frocio e bugiardo.» Suo padre aveva sputato a terra.

Solo poche ore prima, Gaetano era sgattaiolato fuori dalla finestra della camera, in quel momento del crepuscolo in cui l'unica luce viene dal cielo. Antonino aveva preparato l'auto dei genitori abbassando i sedili e sistemando la coperta presa dalla stalla che puzzava di sudore di cavallo. Ma loro due alla puzza erano abituati, e poi meglio quella che lasciare tracce e farsi scoprire.

Gaetano era entrato nella piccola alcova mentre Antonino si stava spogliando. Si erano scambiati un bacio frettoloso. A un tratto la portiera si era aperta. La canna del fucile era penetrata per prima, seguita dalla faccia del padre di Gaetano. Poco più in là, Sandro, che in mano teneva delle corde e una tanica. Tutto era accaduto in un attimo: un colpo di fucile sparato in aria, suo padre che gli intimava di scendere, l'odore di benzina, le lacrime, le suppliche e poi il fuoco. Gaetano poteva quasi sentire il corpo liquefarsi. La Panda ormai era avvolta dalle fiamme e Antonino non urlava più. Il silenzio si era fatto denso.

Nunzio aveva spinto Gaetano in avanti, toccandolo con la canna del fucile. Sandro li seguiva col passo lento dei suoi dodici anni. Nessuno apriva bocca.

Sempre senza parlare, suo padre aveva fatto cenno al figlio minore di legare il fratello. Il ragazzino, con lo sguardo atterrito, aveva obbedito in silenzio.

«Sandro, che fai?» aveva chiesto Gaetano. Lui non aveva risposto, limitandosi a eseguire l'ordine.

«Versa la benzina» aveva ingiunto il padre.

«Tutta?» aveva chiesto Sandro.

«Buttane un po'.»

"Forse vogliono solo spaventarmi" aveva pensato Gaetano. In un istante, le fiamme gli si erano attaccate ai vestiti, ai capelli, alla pelle. La canapa delle corde, più sottili di quelle usate per Antonino, si era consumata velocemente, lasciandogli segni che non se ne sarebbero andati mai più.

«Ora vattene» gli aveva ordinato suo padre senza guardarlo in faccia, «per me sei morto.» Poi si era voltato, aveva messo una mano sulla spalla di Sandro e si era avviato verso il paese.

Un'ora dopo, suo fratello era tornato indietro portandogli dei vestiti e dell'acqua. Lo aveva trovato in lacrime, con la pelle del viso cotta, quasi senza capelli.

«Te li manda mamma. Se papà scopre che sono qui, dà fuoco anche a me» aveva detto il ragazzino, lanciandogli le sue cose.

Gaetano era riemerso quanto basta dalla nebbia di dolore per bere e vestirsi. Appoggiandosi agli alberi era arrivato al paese.

Nel piccolo ospedale aveva compreso un'amara verità: tutti sapevano e avrebbero taciuto. La madre e il fratello non si fecero più vivi, però gli arrivarono altri vestiti, li trovò sulla sedia della stanza una mattina. Nelle tasche c'erano alcune banconote da mille lire e delle monete, quanto bastava per un biglietto verso il Nord. All'inizio aveva pensato a Roma, ma era troppo vicina. Così aveva guardato il tabellone delle partenze: Padova gli era parso un buon posto per ricominciare.

«Sono stata fortunata. A Padova ho incontrato forse il mio vero amore. Il mio unico amore. Ma credo di avervi già intristito a sufficienza.»

«Ba do, Moira, non ce devi pensare...»

«Infatti, non ci hai intristito. Sono solo senza parole per tanta cattiveria.»

«Che la gente sia cattiva, lo so da tanto, Denis; ma è anche peggio quando a essere cattivi sono i tuoi genitori.»

«Più tuo padre, direi.»

«Più mio padre, anche se a mia madre non sono mai riuscita a perdonare di avermi abbandonata.»

Anja si alza, prende il telecomando e fa partire *Alien. La clonazione*, il quarto film della serie.

«Vi vanno dei popcorn?»

Moira finisce il suo bicchiere e annuisce.

Io passo. Mi gira la testa e non so se il mio stomaco è pronto per altro cibo.

Notte

La cosa più complicata da gestire sono le nottate gelide che io e Anja condividiamo, lei in strada mentre aspetta il tepore di un'auto che la carichi, io davanti al camioncino di Antonio o al lavoro, dove il riscaldamento non è ammesso perché accelera il processo di deperimento della merce e alza la carica mesofila. In realtà, nel capannone fa freddo anche d'estate per via dell'aria condizionata a manetta che mantiene la linea del freddo, solo che se con il caldo e l'afa è quasi un sollievo, e comunque la temperatura non scende mai sotto i dodici gradi, d'inverno non è raro che si vada di molto sotto lo zero.

Mi chiedo se ad Anja manchi il Brasile. Chissà se le mancano il calore, il sole perenne, il mare. Ora che ci penso, non so nemmeno in quale città vivesse. Do quasi per scontato che sia di Rio o di Bahia. Il freddo la spezza. Quando arrivano le auto, lei si mette in posizione da marchetta. Alza la gonna e sistema il décolleté, a volte mostra il culo o la calza autoreggente per far intuire cosa c'è sotto il perizoma. Sembra che abbia delle premonizioni, che sappia esattamente cosa piacerà al possibile cliente, se sarà un feticista, un criptogay, un voyeur. Più probabile sia l'esperienza a guidarla, o il colpo d'occhio, o forse riconosce le auto dei suoi habitué da lontano. Ma credo c'entri anche la voglia di rifugiarsi per una mezz'ora nel grembo accogliente di un sedile riscaldato. Non so, di fatto è raro che la lascino a terra.

Anja ha un viso molto femminile, affatto spigoloso. Difficilmente la si scambierebbe per un uomo, da lontano penso sia impossibile. Si nota solo se ci si sofferma a osservare la differenza tra i fianchi e le spalle, o la maniera in cui tiene la bocca quando è arrabbiata e vuole davvero ricordarti di essere un uomo, cosa che però accade di rado. È femmina da troppo tempo, e quegli atteggiamenti grotteschi, da travestita, che fanno ridere gli etero lei li ha perduti quasi del tutto.

Stanotte, nel parcheggio dove Antonio si è piazzato, ci sono due camionisti che stanno per iniziare il turno. Sono quelli dei supermercati, caricheranno ai magazzini e poi andranno nei vari discount. Uno dei due si concede una colazione da eroe: panino unto con birra e caffè doppio; l'altro cerca di scaldarsi con cornetto e punch all'arancia.

Io tengo la tazza di cartone con il cappuccino alla soia tra le mani, tentando di scaldarmele. Dall'altro lato di via Fratelli Bandiera, Anja scende da un Fiorino. È un'immagine bizzarra: lei in tacco dodici e pelliccia lilla, e il tizio dentro al furgone infagottato in un giubbotto catarifrangente. Mi viene incontro con quella mezza corsa che fanno le donne quando i tacchi sono dei nemici mortali della velocità.

«Meu amor, stai per iniziare?» Il vapore esce dalla sua bocca a sbuffi. Ha il fiatone.

«Sì, ancora due minuti e poi vado.»

«Che bevi? Caffè?» Mi strappa di mano la tazza di cartone. «Tanto non ne hai più voglia, giusto?»

«Cappuccino di soia...» Non faccio in tempo a finire la frase che lei ha già posato la bocca sul beccuccio del coperchio.

«Ahi Jesus, che schifo! Ti infetta la bocca!» ride, prendendomi in giro.

«La soia? La soia ti infetta? Chissà cosa ci hai fatto con quella bocca fino a dieci minuti fa, e ti lamenti della soia?»

«In effetti, ho messo in bocca cose peggiori nella mia vita...» Anja è piegata in due dalle risate. Quanto la amo quando ride. Mi sembra che la notte diventi d'un tratto meno pesante.

Anna

«Le giornate si stanno accorciando» dice Anna con un sorriso guardando l'albero davanti casa. Ovvietà. Lo vedo da sola che il buio sta prendendo spazio, che si dilata riempiendomi di malinconia autunnale e facendomi annegare in questa bella sensazione di mestizia invernale.

«Tra poco non potremo più andare a correre al parco.» Mentre parla guarda l'albero, come se si rivolgesse a lui, poi scola il cavolfiore che ha preparato per cena.

Ha l'abitudine di completare le frasi, di specificare, così come ha l'abitudine di cuocere cibi che detesto: «Ti fanno bene...». E dunque, stasera per cena cavolo bollito.

Secondo lei mi fanno bene le barbabietole, il cavolo, le bustine di magnesio e potassio, mi fanno bene le cinque inutili noci che mi mette in una scatolina ogni mattina – «Caso mai dopo ti venisse fame» – e che butto nel cestino dell'umido al lavoro.

Non che le noci non mi piacciano, anzi, solo che cinque è ridicolo, non mi tolgono affatto la fame, piuttosto mi fanno desiderare un piatto di pasta, o magari un dolce fatto con un intero albero di noci. Quei cinque gherigli quotidiani mi sanno di punizione, di stenti, di quella fame che ho combattuto per anni e che mi ha devastata; perciò, le butto e le copro con altra immondizia.

Mentre taglia il cavolo a pezzi, Anna canticchia, muove i piedi, ondeggia. È bella, solare, intelligente, brillante. È luminosa. Davvero, sì, luminosa. Vive da me a fasi alterne, ogni tanto litighiamo, lei se ne va, poi piange, poi manda messaggi disperati, poi dice che mi ama e alla fine me la ritrovo ancora in casa, sorridente, invadente, incapace.

Anna e Selli non si sopportano. Niente di strano in questo. Una è seta, l'altra è iuta; non legano, non si somigliano. Il paradosso è che nella mia percezione è Selli la seta.

È stata la luce di Anna a farmi desiderare di possederla, oltre al fatto che fin da subito si è presa cura di me. Per nessuno valgo lo sforzo, tranne che per lei. Dice che sono fragile e mi vive come una missione. Si comporta da mentore, alla *My Fair Lady*: "La rana in Spagna gracida in campagna".

Volevo che Anna fosse mia, ed eccola qui, a occupare il mio spazio, a volte lume della ragione, altre simile a un piccolo moschino della frutta. Questa sua seconda identità l'ha davvero nascosta bene, simulando indifferenza verso le mie bizzarrie. Diceva che per lei leccare la fica di una donna è come un lungo bacio alla francese. Il moschino della frutta compare solo quando la sua rana personale non salta a dovere, o se gracida in città.

L'albero ormai è una macchia scura. Il crepuscolo entra fluido dalla finestra. Attendo il momento in cui avvolgerà anche lei, inglobandola. Immagino un'onda oscura prendere possesso della sua eccessiva lucentezza. Niente voce gioiosa, niente passi di danza e balletti, niente capelli che si muovono al ritmo del suo minuetto interiore.

Poi, Anna che diventa crepuscolo e si mescola con le ombre, Anna che diventa pioggia, che diventa malinconia, e nell'aria solo odore di cavolo.

«Mi spieghi come fai?» Selli, mentre parla con me, civetta con uno seduto a un tavolo da solo. Bruttino ma ben vestito, profuma di danaroso.

«A far che?»

«Dài, Deni, non fare la tonta con me.» Ha il viso rivolto al tipo e gli sorride.

«Ma tonta di cosa? Che vuoi sapere?»

«Come fai a circondarti di gente simile.»

«Parli di Anja o di Anna?»

«La puttana transessuale e la lesbica frustrata. Ma come sei messa?»

Anja riderebbe della definizione, mentre ho i miei dubbi che Anna apprezzerebbe.

«E su, Selli» indico con un cenno della testa il tizio che ha puntato, «proprio tu parli?»

«A me piace flirtare, Deni, non sono una frigidina come te.»

«Sicura che sia Anja la puttana?» Quanto vorrei schiantarle la faccia sullo spigolo del tavolino.

«Mi piace fare la zoccola, ma alla fine sono fedelissima.»

«Certo. Mai messa in dubbio la tua virtù, solo che la morale su chi frequento non sei proprio la persona adatta a farmela.»

«A te Max non piace proprio, eh?»

«In realtà non lo trovo spiacevole. Sei tu che me lo rendi tale.»

«Ma come... che schifo di amica sei? Io ti parlo di quello che sento e tu critichi i miei sentimenti?»

«No, tu non parli dei tuoi sentimenti o di quello che senti. Tu sei ossessionata e ossessionante, Selli. Eppure, lo sai che tipo è Max.»

Eccolo, lo sguardo da bove triste.

«Ma è così...» Non sa nemmeno lei come definirlo. Ci penso io.

«Lui è un narcisista. Lo conosci, dici di averlo capito, e poi sei sempre a frignare sul suo comportamento.»

«Lo amo.» Selli ha sempre questo tono petulante quando parla di lui.

«No, tu hai rotto le palle. Max è dannoso. Però lo vuoi lo stesso.»

«Be', amica, allora tieniti stretta i tuoi rifiuti umani.»

Me la sono cercata. Ora posso incazzarmi oppure darle l'impressione di aver vinto e di avermi ferita.

Il cameriere arriva al nostro tavolo con due bicchieri e una glacette. All'interno, una bottiglia di vino.

«Ve la manda il signore laggiù.» Indica il tizio con il quale Selli sta flirtando da che siamo arrivate. Lei annuisce, si volta verso l'uomo, sbatte le ciglia come una pin-up anni Cinquanta e sillaba un "grazie" afono. Poi getta uno sguardo verso l'alto, come a dire: "Se non ci fosse la mia amica...".

Avverto l'impulso velenoso di mandarla a quel paese, invece mi limito a guastarle il gioco.

Mi alzo e la bacio sulla bocca. Prendo il conto.

«Amore, lascia, faccio io. Per ringraziarti di stanotte.»

Selli mi sorride. Ma è quel sorriso da stronza che le riesce benissimo.

L'uomo richiama il cameriere. Dopo qualche istante arriva un biglietto. Dice: "Brutte porche, fate partecipare anche me".

Lavoro

Non so se è peggio il sentore delle seppie marce o quello delle annegate, ossia di quelle che vengono congelate a terra troppo tempo dopo la pesca. Emanano odori differenti: le marce sanno ovviamente di marcio, mentre le annegate, soprattutto francesi, fanno pensare a una bocca con un dente guasto. La puzza è terribile, ma santa varechina fa sempre un ottimo lavoro e il fetore naturale ma tremendo che la seppia marcia emana viene quasi istantaneamente sostituito da quello chimico dell'ipoclorito di sodio, che tuttavia nulla può contro il nero delle seppie fresche.

L'inchiostro della seppia fresca è pestifero. In quelle congelate, anche dopo lo scongelamento la sacca del nero rimane compatta, solida, spesso granulosa; in quelle fresche, invece, non ci sono santi che tengano: quando si sfila il pasto, cioè le interiora, nella quasi totalità dei casi la sottile membrana si spacca, e in un nanosecondo tutto quello che viene a contatto con l'inchiostro diventa di un nero assoluto, lucido, che ricorda le pozze del male nei film horror.

Il capo preferisce lavorare le seppie marocchine congelate a bordo, di pezzatura sempre identica, che sono il top di gamma. La Choco 3P per la categoria arrosto o la Mongo 6 per la categoria seppia gigante, se ci fosse una Miss Universo delle seppie vincerebbero a mani basse. Quando la merce che si lavora di solito viene a mancare, ci si accontenta di quello che capita: a volte arriva la seppia thailandese, durissima, che diventa immangiabile se la si lascia raffreddare dopo averla fritta; altre c'è la seppiola, una specie di cugina sfigata della seppia marocchina. Non sempre tutto fila liscio. Se per caso una sacca d'inchiostro esplode, la candida carne dell'animale si stria di un nero che non si toglierà mai più, deprezzando la merce. Ma il peggio che può accadere è che ci sia solo la seppia piccola, che si prende fin troppo sul serio visto che in un pacco da venticinque chili ce ne sono a centinaia, tutte grandi come il tappo di una penna Bic. Se contiamo che in un mastello ci stanno anche due pacchi e mezzo, e che ogni notte si lavorano dai quattro ai sei mastelli, va da sé che si inizia quando si inizia e si finisce praticamente mai, dato che son tutte da pelare a mano. Queste stramaledette "mignottine", come le ho soprannominate in una perfetta crasi tra mignon e mignotte, sono un lavoro veramente schifoso, senza contare che ci sono anche i calamari, una marea di calamari.

A fine lavorazione, siamo tutti obbligati a pulire. Ogni attrezzo, superficie o paragrembo viene lavato con cura e nei giorni in cui capita della seppia fresca la dose di ramazza deve essere raddoppiata, per far tornare la luce dove prima regnava l'orrido.

Ma quando ho fatto domanda qui dentro a cosa stavo pensando?

Anja/Angel

Non sempre è Anja che esce. Sempre più spesso ha iniziato a comparire Angel, che nonostante la giovane età è colto, intelligente e curioso. Colma il divario generazionale che ci divide con sensibilità e non me lo fa mai pesare. Arriva sempre vestito di nero, il cappello calato sugli occhi, senza trucco e con l'aspetto di un adolescente emo. Anche la camminata diventa più sciolta senza il tacco dodici.

Angel mi tiene per mano, mi sposta la sedia quando mi siedo, compra un fiore ai cingalesi che ci importunano mentre prendiamo il tè.

«Fanno una vita schifosa» dice, porgendo loro qualche moneta e scegliendo dal mazzo una rosa bianca.

Se ad Anja posso raccontare tutto, quando c'è Angel mi vergogno.

Anja e Angel, pur essendo la stessa persona, si manifestano in modo differente. Lo switch avviene in base all'abbigliamento, alle ore del giorno o della notte, all'odore. Deve essere uno sforzo immenso, quello di sopprimere un'identità in favore dell'altra per darmi modo di avere entrambe, la mia migliore amica e confidente e quella meravigliosa creatura che è il suo alter ego maschile. La disforia vorrebbe far vivere sempre Anastasja, quella che comanda, che grida al mondo la propria esistenza; deve essere lacerante regredire in Angel, che lei rifiuta.

Io non le ho mai chiesto nulla, è una sua scelta, e non ho il coraggio di domandarle perché lo fa. Mi limito, da egoista, a prendere il meglio delle sue personalità: ad Anja racconto quello che combino con gli uomini, racconto di Selli o di Anna; con Angel parlo di libri, di musica, di arte.

La cosa che più amo, nello stare in loro compagnia, è osservare come affrontano la vita. Anja non ha paura degli uomini, li domina, si lascia usare con consapevolezza, mentre Angel, timidissimo e insicuro, è come un cucciolo, pieno di tenerezza e di attenzioni. Nessuno può assistere allo scambio, al momento in cui l'uno diventa l'altra e viceversa. È una questione privata, solo sua.

Credo che a volte ad Anja-Angel manchi il mare. Da noi il mare più vicino è a Caorle, o a Jesolo, due posti davvero discutibili in cui ogni tanto mi chiede di andare «per annusare l'aria», dice. Così, domenica siamo arrivati fino a Cavallino Tre Porti. L'ho osservato uscire dal residence. Indossava un cappotto lungo quasi fino alle caviglie, anfibi, pantaloni neri con le borchie. Un emo fatto e finito.

È salito in auto, mi ha baciata sulla guancia. Si è allacciato la cintura.

«Dove me porti?» ha esordito.

«Sorpresa.»

Ho imboccato la tangenziale. Dopo un'ora, ho parcheggiato l'auto. C'era pochissima gente, qualche residente. Alberghi chiusi, chioschi chiusi. Siamo entrati in una delle vie d'accesso alla spiaggia. Angel mi teneva per mano come un fidanzato. Ero sorpresa dal benessere che provavo per questa sua premura.

Abbiamo camminato in silenzio. L'unico suono, oltre a quello dell'acqua, era quello dei nostri respiri che cercavano di adattarsi alla fatica di procedere sulla sabbia. C'era un odore puro di salso. Niente fragranze da spiaggia estiva. Sulla battigia strisce di alghe spiaggiate, conchiglie, rami. Siamo arrivati alla diga.

Dentro la mia testa, canticchiavo un motivetto dei Pitura Freska. E pensare che il reggae non mi piace per niente.

«Cosa ti regalo a Natale, meu amor?»

«Non mi serve niente.»

«Chiedi quello che vuoi. Non è un problema.»

«Quello che voglio... Vorrei cose piccole.»

«Diamanti?»

Angel ha riso.

«No. Niente di così costoso.»

Aveva un'aria interrogativa. Mi ha abbracciata per proteggermi dall'aria gelida. Ho infilato le mani dentro al cappotto e gli ho accarezzato la schiena esile, sentendo sotto il tessuto del maglioncino la fascia elastica che gli comprimeva il seno. Mi sono appoggiata con la testa sulla sua spalla. L'odore era quello di Anja, una zaffata di J'adore.

Quando usciamo si concede il lusso del profumo, perché di notte non ne può usare. «Le puttane non devono profumare, meu amor» mi ha detto una volta. «Le professioniste serie non usano profumo e non lasciano tracce di rossetto.»

Per non perdere Angel ho tenuto gli occhi aperti mentre mi stringeva, cercando di scordarmi che è anche la mia migliore amica.

«Quando fai così, Denise, mi dimentico che sei la donna più terribile del mondo.»

«Addirittura? Una specie di Lex Luthor al femminile?»

«Non so chi è questa persona.»

Angel mi fa sempre tanto ridere.

«Giuro, Denise, che a volte non ho la minima idea di cosa stai dicendo.»

«Però anche tu, Angel, come fai ad avere trent'anni e non sapere niente di fumetti?»

«Preferisco i libri. E anche i film. In Brasile studiavo letteratura.»

«Che autore ti piace?»

«Oh, amor, tanti, troppi. Il mio preferito è Amado. Un libro, in particolare. Si intitola *Teresa Batista stanca di guerra*.»

«Non lo conosco. Bello?»

«Hai mai letto qualcosa di Amado?»

«Sì, *Donna Flor*, e anche *Gabriella garofano e cannella*. Ma questo che mi dici no.»

«Non è il più bello. Ma io lo adoro.»

Angel mi aveva stretta forte e mi canticchiava all'orecchio: «Mi chiamo *sía* Teresa. / E olezzo di rosmarino / Metti zucchero in bocca / Se vuoi parlare di me. / Un fiore tra i capelli / Un fiore sul tuo scrigno / Mare e *rio*».

«Angel, vorrei che tu non battessi più.»

Mi aveva stretta più forte, quasi a inglobarmi dentro di lui, a fondersi con me.

"Vorrei che tu fossi solo per me." L'avevo pensato mentre aderivo al suo corpo ed eravamo fusi insieme davanti a quel brutto mare invernale.

La Psicologa

Gli uomini, nella maggior parte dei casi, li immagino come organismi non molto evoluti, poco più che oggetti. Anche il computer è un oggetto, ma è capace di fare cose che molti di loro se le sognano. Gli uomini servono, sono utili, qualcuno riesce a essere anche di compagnia, tipo un animaletto, ma raramente ne trovo di così interessanti da poterci avere uno scambio di opinioni valido.

Secondo Selli la loro funzione principale è quella di scopare. Me lo ripete praticamente sempre.

«Sei sicura?» rispondo acida.

L'ultima volta ne è scaturita un'accesa discussione.

«E il sesso virtuale? Dimmi tu se non è meglio masturbarsi davanti a un monitor guardando un bell'elemento piuttosto che stare sotto uno di quelli beccati in qualche app per adulti.»

A volte sono perfida. Max lo ha conosciuto in una chat, ed è un disastro che le sta facendo del male in modo chimico, perfetto, un rettile affascinante dotato della capacità di annullare le donne che incontra.

Infatti lei non ha ribattuto. Non poteva. Capita sempre così: quando prova a farmi ricredere sugli uomini, io la affondo ricordandole di Max.

«Sei scorretta, Deni, scorretta...» si è lagnata. Sapevo di averla ferita in profondità.

Il punto è che io faccio così con chiunque: con le amiche, ma soprattutto con gli uomini. Tiro fuori i loro lati peggiori. Sentono presto il desiderio di colpirmi, di farmi del male. Colpa mia. Colpa del fatto che in tutti individuo il punto debole: la madre manesca, quella troppo apprensiva, la fidanzata che li ha cornificati, gli abbandoni. Non importa quale sia il loro problema, lo scovo sempre e glielo servo su un piatto d'argento. È crudele, ma non posso farne a meno.

Uso anch'io Facebook, ma ho delle regole ben precise: niente richieste da gente con la pelle scura, marrone o anche solo color cappuccino. Niente cinesi, rumeni, albanesi. Niente sgrammaticati, fumatori, tipi banali che esordiscono con un: "Ciao, cosa cerchi?". Sul resto posso anche soprassedere, comuque già così scremo bene i contatti.

Non sono razzista, solo che la mia fobia per l'igiene è più forte di tutto. E come faccio a capire se si lavano? Se sono puliti? Come distinguo se le righe scure tra le pieghe della pelle sono accumuli di melanina o se hanno le mani luride? No. Non tollero l'idea della loro pelle che tocca la mia, perché non posso verificare che si siano lavati. Non mi piace mescolare il mio odore al loro. Non posso. Ho lo stesso problema con i bianchi, certo, ma uno che non si lava lo vedo immediatamente. Mentre con la gente di colore non lo so, non riesco mai a capirlo.

Meglio gli asiatici. Mi piacciono coreani o giapponesi. Formali, eleganti, non altissimi, certo, ma educati. I cinesi no. Sono sciatti e sporchi, con i loro bazar pieni di plastica e detersivi scadenti. Hanno però un pregio: non si interessano molto alle europee. Si accoppiano tra loro. Non sentono l'esigenza di mescolarsi con noi, e questo va bene.

Niente di troppo abbronzato può sfiorarmi. Anja è un'eccezione. Lei per prima ironizza su sé stessa, consapevole di quanto il suo vero io sia distante dalla vita che fa: «Ah, meu amor, sono tanta, troppa. Questo mondo non mi merita». Riesce a sistemarsi una tetta sfuggita dal reggiseno La Perla, a controllare le sbavature di trucco e ad aggiustarsi l'autoreggente, il tutto dialogando con me. «Sono troppo donna per i gay, troppo maschio per gli etero, troppo colta per i miei clienti» – e qui ride – «e sono bella da paura.» A questo punto fa una pausa a effetto, poi chiude con la sua battuta preferita: «Sì, lo so che sono troppo scura, troppo marrone per i maschi veneti. Eppure, nel buio dell'auto vogliono sempre la luce accesa per vedere meglio cosa succhiano».

Tornando a bomba, ho eseguito i compiti che mi ha dato per casa, ho rivolto la parola a Yussef. In realtà, già prima mi era capitato di incrociarlo in centro. Era con una donna che spingeva un passeggino. Avevo dedotto che fossero almeno in tre. Quando i nostri sguardi si erano scontrati, mi era sembrato che anche lui mi riconoscesse; probabilmente mi aveva vista in giro per il quartiere. Mi aveva fatto un mezzo sorriso e si era girato a parlare con la donna che era con lui. Poi, mercoledì scorso, sono andata a fare la spesa all'Auchan e ci siamo rivisti nella corsia del caffè. È stato lui ad avvicinarmi, a presentarsi per primo. Certo, se non fosse venuto lui l'avrei fatto io, perché lei mi aveva chiesto di andare a conoscerlo.

Dopo un saluto impacciato mi ha detto di chiamarsi Yussef.

«Nei tuoi libri di storia leggeresti "assiro"» ha detto ridendo. Quindi, ha specificato di essere iraniano.

Ha un bel viso e occhi brillanti, ma la cosa che più mi ha colpita sono le braccia. Ha braccia davvero molto forti. Mi piace anche la sua voce, cantilenante. Poi però gli è suonato il cellulare ed è dovuto scappare.

Comunque, per ora nel circondario ci sono otto indiani, due senegalesi, tredici moldavi e tre iraniani, ma temo sia un conto provvisorio.

Selli

Su suggerimento di Selli ho scaricato un'app per incontri. Secondo lei, quelle come me hanno bisogno di ogni possibile aiuto, e se da un lato le do ragione, dall'altro, be'... diciamo che la tecnologia poco si adatta alle mie capacità relazionali. Non è che un like o un match o come diamine si chiamano i cenni di reciprocità siano garanzia di qualità. Nel senso che se io entro in un panificio e c'è una persona che mi piace, inizierò a osservarla. Guarderò le sue mani, le scarpe, guarderò come si muove e come parla, ascolterò il suono della sua voce. Vedrò come si relaziona con il panettiere, cosa acquista. Insomma, qualcosa di suo passerà inevitabilmente a me. Poi c'è lo sguardo: capisco in un istante se c'è interesse reciproco oppure no.

In rete, invece, mi trovo davanti l'immagine statica di un tizio che dice di sé: "Sono solare, dinamico..." Se mi dessero un euro per ogni "solare" usato per autodefinirsi o come caratteristica di ciò che cercano, potrei smettere di lavorare.

Il mio prof, quello del "cosa siete oggi", sosteneva che usiamo le parole a *mentula canis*, spesso senza esprimere niente. Faceva l'esempio di "fottuto", che nemmeno ci appartiene linguisticamente, o di "sensuale".

Una volta, chiese a un ragazzo che descriveva la fidanzata come "una donna sensuale" cosa intendesse.

«Sa, quello che è sensuale per lei per me potrebbe non esserlo» gli obiettò. «Perciò sia più specifico, cerchi di rendermela visibile, questa sensualità.»

In effetti, aveva ragione. Per me sono sensuali le imperfezioni, le cicatrici, le asimmetrie, cose che per altri sono difetti, errori.

Penso che per "solare" valga lo stesso discorso. Non significa niente se non si fanno delle specifiche.

Non è meglio dire: "Vorrei una donna sorridente, una donna che ami ballare"?

Guardo questi visi congelati in pose che non capisco. I migliori sono quelli che, superati gli anta, si fanno le foto con la bocca a culo di gallina tenendo il cellulare in alto, per non mostrare la pappagorgia.

Ma siamo seri. Capisco non voler sembrare un arredobagno, ma nemmeno mentire. E comunque mi auguro che Dio strafulmini sette volte chi ha inventato i filtri. Ci deve essere un girone dell'inferno apposito, e spero che ci finiscano anche quelli che ne abusano.

Forse sono antica, fuori moda, ma ho bisogno di avere qualcosa di vivo davanti a me prima di decidere se va bene o no.

Invidio Selli, lei si butta, incontra, fa e disbriga. Max l'ha incontrato così, anche se poi nella massa si è scelta il peggiore. Che poi poveraccio, peggiore... come se fosse colpa sua se è un narciso di quelli da relazione tossica.

Tornando all'applicazione, quello che mi ha spinto a provare è stato l'invito della psicologa a uscire dalla mia zona di comfort per conoscere persone nuove. Selli mi ha chiesto di non bloccare nessuno prima di averci almeno scambiato quattro chiacchiere. Così, l'ho fatto. E, se devo essere sincera, non mi è piaciuto. Il primo che ho conosciuto è stato Andrea. Non ci sono uscita, ma non l'ho nemmeno bloccato subito. Sembra un primo passo, no?

App – Andrea

Nickname: Andrea
Age: 35
Status: Sposato
21,12 km near...

Andrea ha trentacinque anni portati male. Fuma. Lo so perché il suo profilo è una miniera di informazioni. Lavora come portinaio in un albergo di frontiera. Di quelli in cui ci si ferma per una notte e che di giorno, con la luce cruda che entra dalla finestra, ti fanno sentire solo.

Gli piace il mio taglio di capelli. Gli rispondo che è almeno il quarantesimo che me lo dice, questa settimana. E siamo solo a mercoledì.

"Ti piacciono i tattoo?" chiede.

"In realtà no, ma di notte continuano a spuntarmi come un eritema."

"Ahahaha."

Ridi, ridi. Ma queste domande geniali chi te le suggerisce?

Segue il solito scambio di insulse chiacchiere. Il lavoro, il tempo, le ferie. Rispondo in automatico, così come sono automatiche le sue domande. Non so cosa spinga questa gente a contattarmi. Forse il mio profilo comunica qualcosa di me che mi sfugge, tipo che sono una troia.

Controllo la mia vetrina personale. Ho tre foto e in tutte sono vestita, sorrido all'obbiettivo. Anche le info sono chiare: annoiata, blasé, accidiosa. Forse questa gente non sa nemmeno di cosa sto parlando. Comunque no, non sembro una troia.

Guardo le foto di Andrea. È carino. In una ha la sigaretta in bocca.

"Fumi?" digito.

"No, solo qualche volta in compagnia."

Immagino il suo alito puzzolente di tabacco. Odio l'odore che le mucose della bocca assumono, dolciastro, quasi appiccicoso. Quando mi è capitato di baciare un fumatore, mi sono venuti in mente quei tremendi babà indiani saturi di liquido dolce e stucchevole. Lo stomaco ha un moto di ribellione. E il mio stomaco non sbaglia mai.

"Cosa cerchi?" Andrea aspetta. La domanda è sempre la stessa. Non variano mai.

Vorrei dirgli che cerco un uomo con la vita dentro.

"Te..."

Vedo muoversi la pennina del cursore che indica una sua risposta in arrivo, ed ecco la banalità che prende forma in una frase: "Sei intrigante e maliziosa allora...".

Intrigante. Un'altra parola che non significa niente e che ti rifilano ogni due per tre. La banalità passa allo step successivo: "Hai WhatsApp?".

Digito il numero senza pensarci. Tre secondi dopo, lo schermo dello smartphone si illumina. Lo ignoro. Apro Facebook e lo cerco. C'è una foto dove abbraccia una tizia, in altre ha la sigaretta in bocca. Ritorna il conato di vomito.

Cretina che gli ho dato il cellulare. Posso tollerare un traditore. Non un fumatore.

Anja

Anja ha almeno cinque modi per esprimere sé stessa, e ognuna delle sue identità ha un proprio stile. C'è Anastasìa che fa rima con fantasìa, la prostituta; c'è Angel, il ragazzo timido che si veste come un emo; ci sono la Anja casalinga con pellicciotto improbabile e tuta da ginnastica e la Anja diurna, che esce con abbigliamento adeguato e sobrio da *sciura* bene.

Oggi siamo io e la Anja diurna. Indossa calze nere molto coprenti, anfibi al ginocchio, gonna scozzese e un dolcevita bianco. Sembra una scolara inglese. Sta benissimo, tant'è che al chiringuito della Baia dei Pirati a San Giuliano più di qualche ragazzo la guarda e lei, consapevole, fa la ruota mostrandosi in tutta la sua bellezza.

Sono invidiosa. Vorrei avere la metà delle sue possibilità di scelta, invece sembra che io abbia un talento per attirare gli stronzi, mentre lei è perfettamente a suo agio tra uomini più che attraenti.

«A che pensi, amor? Te sei adombrata.»

«Al fatto che tutti ti trovano bellissima.»

«Sì, certo. Ma vuoi che proviamo a dire che sono una trans? Vedrai quanti si girano dall'altra parte.»

So che ha ragione, e lei sembra accettare la cosa con una certa tranquillità.

«Gli stivali sono spettacolari. Sono della Demonia?» le chiedo.

«Sì. Li ho presi in rete.»

«È una vita che li desidero.»

«Li vuoi, amor? Te ne regalo un paio?»

«Sono troppo vecchia per vestirmi come un'adolescente giapponese, e poi il mio zampone lì dentro col cazzo che ci entra.»

Ride, la stronza.

«Ce sono anche le scarpe, e se dipende dall'età, fregatene.»

Sì, fregatene. Fa presto lei, a dirlo, dato che ha quindici anni in meno della sottoscritta.

«Meu amor, è che tu non vedi che ti guardano. Sei bella ma non ne sei consapevole.»

«No, Anja. Sei tu che...»

Non finisco la frase. Due ventenni, aria da nerd e corporatura pingue, si avvicinano con delle birre in mano.

«Possiamo?» chiede uno dei due. Ha una smaccata cadenza chioggiotta.

«Prego.»

Anja ha un sorriso quasi dolce, mentre li invita a sedersi vicino a noi.

«Sei una cosplayer?» domanda l'altro ragazzo, che invece è quasi privo di accento.

Anja mi guarda smarrita.

«Vuole sapere» traduco per la mia amica, «se ti vesti da personaggio dei fumetti.»

«No, perché?» si stupisce lei.

Il chioggiotto indica la tenuta che indossa, come se questo spiegasse tutto. Lei fa ancora segno di no con la testa. Poi, però, vedo che ha uno sguardo particolare, quello che le scorgo negli occhi quando sta per partorire qualche idea del cavolo.

Si alza in piedi, si liscia la gonna e poi, con un atteggiamento plateale, sollevando le braccia in alto se ne esce con: «*I'm just a sweet transvestite from Transexual, Transylvania*».

Lo dice ad alta voce, scandisce le parole chiaramente. I due ragazzi rimangono interdetti, io invece scoppio a ridere. Chissà se questi due sanno chi è Frank-N-Furter. Troppo giovani, ne dubito.

Finiscono la loro birra. Si alzano. Il senza cadenza, che si è presentato come Alvise, è rosso in volto, ho l'impressione che si vergogni un po' della performance di Anja. Silvio il chioggiotto invece ride, riconosce la citazione.

«Lo sapevo che non eri biologica.»

Anja sembra cogliere nella frase un complimento implicito, e pare che lo apprezzi. Ho quasi la tentazione di congratularmi con Silvio, lui però fa il baciamano ad Anja e poi a me e si congeda con un breve inchino.

«Ragazze, ora andiamo e scusate il disturbo» dice nel suo dialetto cantilenante. Poi si rivolge alla mia amica: «Sei comunque splendida, qualunque sia la tua natura».

Anja si lascia cadere sulla poltroncina, ha un'aria soddisfatta, divertita. Io continuo a invidiarla, non ho un decimo della sua allure.

«Sono appariscente» dice all'improvviso.

«Come?» Impossibile che mi abbia letto nel pensiero.

«Sono appariscente.»

«Dici?» La fisso sollevando un sopracciglio.

«Sono solo più esotica.»

«E perché li hai mandati via?»

«Vent'anni.»

«Troppo giovani o poco interessanti?»

«Entrambe le cose, Denise. Se si fossero presentati con del vino invece che con la birra, forse li avrei apprezzati di più.»

«Ma se nemmeno bevi!»

«Certo, ma del vino decente costa più di una cattiva birra.» Così dicendo, svuota il suo bicchiere in una siepe. Sono certa che se anche fosse stato del Piccolit d'annata l'avrebbe versato su quella povera pianta.

Guardo i due ragazzi per verificare che non abbiano visto il gesto di Anja. A quanto pare non se ne sono accorti.

C'è un sole tiepido, la giacca sulle spalle è comunque confortevole. Una barca del Circolo canottieri ormeggia e tre coppie di rematori scendono a rifocillarsi, tutti con addosso ciclisti e maglietta leggera. Rabbrividisco per loro.

Le notti al freddo: dovrei esserci ormai abituata, ma non mi hanno ancora temprata. Inizio a battere i denti a settembre per congelarmi definitivamente a gennaio e riemergere dall'ibernazione a maggio. Alla fine, è il tempo di permanenza del piumino sul mio letto.

«Ti sei mai innamorata?»

Anja sembra si sia appisolata sulla poltroncina comoda. Lentamente apre un occhio e mi guarda; sorride.

«Sì, molte volte» risponde pigramente.

«Di chi?»

Beve un sorso di caffè. Fa una smorfia. «Bruciato, come quello di Antonio.» Beve acqua. Ancora caffè, ancora smorfia.

Rimane qualche istante in silenzio a pensare.

«Sono come te, bisessuale. Ho avuto momenti in cui pensavo di essere gay, altri di essere etero, altri ancora di essere lesbica.»

Fa una pausa per cercare le parole giuste.

«Poi me sono resa conto che dipendeva da chi mi faceva perdere la testa.»

«In che senso?»

«Questa fase qui, dove non sono niente, è un casino. Se sto con una donna sono etero se uso l'uccello e lesbica se uso la lingua? E se sto con un uomo? Etero se uso il culo e la bocca e gay se uso l'uccello?»

«In effetti...»

«E poi c'è la questione dell'altro, se è uomo o donna. Insomma, faccio prima a dire che sono innamorata di una persona.»

«O dell'amore.»

«O dell'amore. Hai ragione. Da ragazzino ho avuto storie con ragazze e credevo davvero de essere etero; però mi piacevano anche gli uomini. Ho capito da adolescente che il problema non era sessuale, potevo amare chi volevo, ma solo ed esclusivamente de come me sentivo dentro questo corpo.»

Beve ancora acqua. Fissa Venezia che si staglia in lontananza. Continua: «Adesso il mio corpo va bene. C'è ancora da perfezionare, ma così riesco a piacermi, a volte».

«Penso valga per tutte noi. A volte ti senti una stratopassera e altre una ciofeca.»

«Non so cos'è una stratopassera.»

«È una specie di crasi tra stratosferica e passera. Per dire che sei superbella.»

«Oh, capisco. Però ora spiegami cosa vuol dire crasi.»

Lavoro

«Ragazzi, questo è Michel. Da stanotte è in prova con noi.»

Ecco fatto. Incubo completato. Prima Pasquale il laido, ora Michel dalla Costa D'Avorio, nero che sembra viola scuro, dunque è impossibile verificare se si lava le mani. Michel fa un cenno di saluto.

C'è un mare di cose da fare stanotte, in particolare una comanda piuttosto importante, circa cento chili di calamari tagliati. Il capo affianca il novellino, gli spiega come si fa: «Stacca la testa, togli la pennetta, svuota dal pasto, togli la pelle. Via la bocca e gli occhi».

«Sì, capo.»
«Hai capito?»
«Sì, capo.»
Mi viene da ridere. Se gli chiedo quanti anni ha, probabile che risponda: "Sì, capo".
Lavoriamo in silenzio. Cento chili non sono poi questa grande quantità, ma i calamari pesano poco, e nei mastelli ce ne sono tanti, tantissimi. In due praticano un incisione sugli occhi, gli altri seguono lo stesso rituale, sempre quello: stacca la testa, togli la penna, svuota dal pasto, togli la pelle, enuclea occhi e becco. Un gesto che ripetiamo migliaia di volte, ogni notte. Due mastelli pieni di calamari. Uno dopo l'altro, con pazienza: via la testa, via la penna, via il pasto, via la pelle, via occhi e bocca.
Terminata questa operazione, è ora di tagliarli ad anelli. Uno a uno. Affilare la lama, e in tre o quattro colpetti, via andare.
A Michel passano l'acciarino. Lui dà un paio di passate col coltello, ma fa scivolare la lama, tagliandosi malamente il pollice.
Niente che richieda punti, però sanguina tanto. Si tampona con della carta, il capo mi guarda supplichevole. Inetto. Inetto lui, inetti loro.
«Lavati la ferita col sapone.» Gli indico il bagno.
Michel annuisce. Il capo si fa da parte. Quando la Confcommercio ha organizzato i corsi di pronto soccorso per le aziende, hanno pensato: "Mandiamoci la femmina, che tanto è adatta". Ecco fatto. Questi stronzi non sono capaci nemmeno di medicare un taglio.
Lo porto in ufficio, disinfetto il taglio e lo copro con una garza e del cerotto.
«Quando abbiamo finito torna qui, che ti cambio la medicazione.»

Annuisce: "Sì, capo". Non lo dice, ma so che lo sta pensando.

«E non bagnarlo.» "Sì, capo." Me lo dico da sola.

In sala rimaniamo io e Pasquale a lavorare. C'è un camion da scaricare: Pasquale è il più vecchio e io sono donna, perciò siamo esentati dalla sfacchinata di portare giù a braccia due bancali di seppia atlantica.

«Varda!» Pasquale punta il mento a indicare qualcosa che non colgo.

«Cosa?»

«Varda che color!»

«De cossa?» Provo anch'io col dialetto, visto mai che riusciamo a capirci.

«El sangue.»

«E cos'ha il sangue?»

«El gà el sangue massa rosso.»

«In che senso scusa?»

«Varda che rosso. El mio zé quasi nero...»

«Pasquale, ma fai sul serio?»

«No, no... per mì no i zé normali, i zé alieni.»

Com'era quella barzelletta? Cosa ci fanno un ivoriano, un razzista/sessista e una donna dentro un capannone di notte?

Con un cenno della testa, il capo mi indica l'ufficio. Mi sfilo i coprimaniche di plastica blu, i guanti e il paragrembo e lo seguo.

«Ammettilo, Denis, ce l'hai con lui.»

È difficile che il capo si rivolga solo a me e, se succede, quasi sempre è per ragioni di lavoro. I colleghi, invece, si limitano a ignorarmi. Credo non capiscano cosa ci faccio io lì, tra loro.

«Non ce l'ho con lui.»

«Dài, Denis...»

Rispondo con un'alzata di spalle. Il capo mi osserva

perplesso. Mi sta sulle palle il fatto che riprenda solo me. Quando provo questo sentimento di fastidio, si vede immediatamente.

«Comunque sia, tu con lui ci devi lavorare; perciò, cerca almeno di mantenere un rapporto civile.» Non molla. Non se la beve.

«Non mi sembra di comportarmi male.» Ho il tono piccato di chi si sente in torto. «E comunque, il disgusto è reciproco.»

«Disgusto, addirittura?»

«Mi dà il vomito, proprio.»

Il capo mi lancia un'occhiataccia.

«Non ti sembra di esagerare?»

«No, capo, è uno schifido. Appesta l'aria con le sue sigarette, non usa mai il fazzoletto per soffiarsi il naso, sputa ovunque, e poi il rispetto...»

«Ok, ma nemmeno tu lo rispetti.»

«So che per voi io qui sono un disturbo, ma come io devo sopportare lui, la cosa vale anche per voi e per il buon Pasquale, o sbaglio? Perciò questo continuo offendere le donne è inaccettabile.»

«Ma lascialo perdere, no? Persino il nero ha capito che va lasciato nel suo brodo.»

Si è innervosito. Gli anni nella benemerita gli hanno lasciato un senso della gerarchia ferreo, e il mio atteggiamento lo percepisce come una mancanza di rispetto verso la sua persona, non di odio verso il collega.

«No, non lascio perdere. A furia di lasciar perdere, esiste gente come quel coglione.»

«Lascialo perdere, è ignorante. E tu fai una fatica inutile, ad arrabbiarti.»

«Ma se nessuno gli dice niente, lui continuerà a pensare di avere il diritto di consumare ossigeno.»

«Certo che quando vuoi sai essere davvero cattiva.»

«Cattiva, io? Con uno razzista e sessista? Capo, ma dice davvero?»

Moira

«Amor, Moira compie gli anni e ci ha invitate da lei. Tu vieni?»

Non me lo aspettavo, anche perché non so come pormi con Moira. Siamo amiche? Conoscenti? Se mi ha invitata, forse mi ritiene un'amica, anche se mi sembra una donna molto riservata.

«Va bene. Quando pensava di festeggiare? Le prendi un regalo?»

«Compie gli anni martedì, ma organizza una cena da lei sabato. Ho tempo per il regalo.»

«Considera anche me se vuoi, così facciamo una cosa più corposa.»

«Bene! Sono contenta che vieni.»

Anja certamente rimarrà per un boccone e quattro ciacole, poi scapperà al lavoro. Mal che vada, se non sarò a mio agio, l'accompagnerò fino a Marghera.

A casa di Moira siamo in sei: ci sono Wanda e Tosca, Alba con la sua immancabile salopette in denim e noi due. Anja ha pensato di regalarle un buono acquisto in profumeria, Wanda e Tosca le hanno preso un profumo di nicchia, Alba un buono da spendere in libri.

L'appartamento di Moira è leggermente più grande di quello di Anja e alle pareti ci sono mensole piene di volumi, soprattutto di gialli e horror.

Tosca e Wanda sono davvero molto simpatiche, si fanno continuamente dispetti bonari e ricordano i due vecchietti dei Muppets. Il loro regalo non è impacchettato, bensì avvolto da uno dei centrini fatti a mano da Wanda, peraltro davvero molto bello, ricamato con un motivo a fiori di piccole rose nere.

Anja spilucca veloce delle pizzette, che annaffia con un bicchiere di Coca Zero. Si vede che è ansiosa, ha paura di arrivare dopo il solito pattugliamento delle bulgare; infatti, incarta una decina di pizzette in un tovagliolo, le imbuca nella borsa e ancora con la bocca piena si alza e bacia me e Moira prima di andarsene con una certa fretta.

L'atmosfera è piacevole, rilassata. Wanda passa un sacco di tempo in terrazza a fumare. Alba e Tosca cantano un'aria della *Vedova allegra*. Moira le ascolta in silenzio, sembra voglia partecipare anche lei al coretto, ma la timidezza non glielo permette. Mi siedo accanto a lei, le poso una mano sulla schiena. Lei mi sorride.

«Sono brave, eh?» Parla con la sua vocina bassa, la voce di chi cerca di non farsi vedere.

«Sì, sono molto brave.»

«Grazie di essere venuta.»

«Grazie a te di avermi invitata.»

Ometto di dirle che temevo il disagio di stare tra persone che non conosco, così come ometto il fatto che vorrei saperne di più, della sua storia. Lei però sembra capirlo comunque, perché si volta con il busto verso di me.

Rimaniamo in silenzio per un po', mentre Tosca e Alba attaccano con *Al cavallino bianco*.

Tra un'aria e l'altra bevono vino e dopo un po' il volume è piuttosto elevato.

«Come ti trovi qui?»

Moira sorride. Se l'aspettava da un po' una domanda rompighiaccio.

«Non è male, Mestre. E anche il residence mi piace molto.»

«Cos'è successo poi, quando sei venuta al Nord?»

«Certo non usi giri di parole, Denis.»

«Sono solo curiosa. Hai una storia interessante. In realtà, tutte voi ce l'avete.»

«Siamo una specie di Factory qui dentro. Comunque, tornando a me, quando sono arrivata a Padova è stato abbastanza orrendo. Non avevo praticamente niente, tranne i vestiti e poche lire, insufficienti per un albergo o altro. Così, ho cercato un ospizio per barboni.»

Moira si perde nei ricordi, parlando con la sua solita lentezza.

Gaetano

Gaetano si era guardato attorno, cercando di capire se ci fosse una qualche possibilità, una qualunque. Aveva bisogno di tutto: di nutrirsi, di riposarsi, di lavarsi. In via Tommaseo, a due passi dall'uscita della stazione, c'era la mensa per i poveri.

Già qualcosa. Magari, chiedendo, un alloggio l'avrebbe scroccato. Aveva girovagato tutto il giorno, cercando di creare dentro la sua testa una mappa dei luoghi dove poter dormire, dove poter trovare dell'acqua, dove poter mangiare. Osservava tutto, dalle offerte di lavoro su giornali abbandonati da mesi sulle panchine agli accattoni, cercando di capire come raggranellare qualche lira. Al tramonto, si era messo in fila alla mensa, mescolandosi a persone di ogni genere. Fu tremendo. Nel giro di poco erano scoppiate due risse ed erano spuntati i coltelli. Un volontario, per allontanare i litiganti, ci aveva quasi rimesso una mano e un occhio. Per Gaetano era stato il vero colpo di grazia. Si sentiva stanco della violenza, stanco delle parole urlate in faccia, esausto.

Così, dopo aver preso l'acqua e un panino, si era spostato sotto i portici della stazione. Aveva finito in due bocconi il pane. Stava per rimettersi in moto, prima che qualche agente lo fermasse, quando un uomo si era messo a parlare con lui.

«Stai bene?»

Gaetano aveva fatto segno di sì con la testa.

«Sei muto?» L'uomo lo fissava intensamente. Non sorrideva.

Gaetano aveva fatto segno di no.

«Sei un barbone?»

A questa domanda, non aveva saputo bene cosa rispondere.

«Sei un barbone?» aveva chiesto ancora l'uomo.

«No, non credo.»

«Non credi? E allora cosa sei?»

Gaetano aveva alzato le spalle.

«Io sono Loris.»

«Gaetano.»

«Piacere, Gaetano. Mi sa che hai bisogno di mettere qualcos'altro nella pancia. Sembri affamato.»

Quella notte, Loris gli aveva aperto la porta di casa sua. Un appartamento alla Guizza, piccolo e ben tenuto.

«Dormirai sul divano, se ti va bene» aveva detto l'uomo, porgendogli un cuscino e delle lenzuola. «Prima però fatti una doccia, hai un odore schifoso.»

Il giorno successivo, Gaetano si era svegliato presto, aveva piegato con cura le lenzuola e tolto la federa dal cuscino. Aveva posato tutto sulla cesta dei panni sporchi.

Si era lavato con cura la faccia, cercando di non guardare lo scempio delle cicatrici. Aveva una macchia rosso fuoco che dalla fronte arrivava a metà della guancia destra, le sopracciglia erano sparite, e anche parte dei capelli.

Sui polsi, i segni rossi delle corde ancora si vedevano nettamente. Sandro, nel legarlo con delle corde sottili, aveva disobbedito al padre e gli aveva salvato la vita.

Loris era entrato in bagno, osservandolo attraverso lo specchio.

«Come te li sei fatti?» gli aveva chiesto prendendogli le mani e guardando i segni sulle braccia.

«Un incidente» aveva risposto Gaetano.

«Hai tentato il suicidio? Perché sembrano tagli.»

Gaetano aveva mostrato che la ferita girava tutta attorno ai polsi.

«Corde.»

Loris gli aveva fatto una carezza sulla faccia cotta dal fuoco: «E questo? Sempre un incidente?».

Aveva annuito.

Loris lo aveva fissato con intensità, rimanendo in silenzio a lungo.

Poi, con un sorriso forzato aveva proposto di fare colazione.

«Preferisci dolce o salato?»

«Qualsiasi cosa va bene» aveva risposto Gaetano.

Non si era accorto di avere così tanta fame.

Aveva divorato tutto senza criterio, innaffiando il cibo con caffè, latte, succo d'arancia e ancora caffè.

«Ne vuoi altro?» Loris aveva spinto verso di lui un mezzo salame: «Taglia e mangia».

«No, grazie, ora sto andando avanti per gola. Se continuo così lo finisco.»

«Ce n'è, tranquillo.»

Avevano parlato di calcio, ma Loris non sembrava molto ferrato in materia; poi di musica, e stavolta l'uomo pareva davvero ben informato.

«Non serve che te ne vai subito. Puoi restare qui, se vuoi.»

«Mi spiace darti disturbo.»

«Nessun disturbo. Sei il benvenuto.» Loris si era alzato e aveva recuperato le lenzuola, porgendogliele: «Sul serio, sei il benvenuto».

La convivenza con Loris non era male. Gaetano non era abituato alla gentilezza e l'uomo sembrava davvero molto gentile, senza domandare nulla in cambio.

Si erano divisi i compiti spontaneamente. Gaetano si prendeva cura della casa e cucinava, mentre Loris partiva al mattino per andare a lavorare e tornava nel tardo pomeriggio. Chiacchieravano molto, guardavano la TV. Quando incontravano qualcuno, Loris diceva che era suo nipote. La gente faceva una specie di sorrisino di circostanza, ma nessuno diceva niente.

Le settimane si erano fatte mesi. Spesso Gaetano si era chiesto se non fosse il caso di levare le tende, di lasciare Loris alla propria vita, ma ogni volta che ne avevano parlato aveva finito per restare.

Stava bene, nascosto, e finché il suo benefattore glielo avesse permesso lui se ne sarebbe rimasto buono e a cuccia.

Era da poco passato Natale, l'anno stava volgendo al termine.

Avevano cenato tardi, quella sera, perché stavano guardando un film sulla Rai e avevano quasi dimenticato di prepararsi da mangiare.

Senza nemmeno sparecchiare, si erano lavati i denti e augurati la buona notte.

Loris era comparso nel riquadro della porta della sala da pranzo.

«Ti andrebbe di dormire con me?» gli aveva chiesto a bruciapelo.

«Dormire?» aveva balbettato in risposta.

«Sì, dormire. Nel letto con me.»

«Va bene.»

Si era alzato e aveva preso con sé il cuscino. Loris era entrato in camera e aveva socchiuso la porta.

«Che lato preferisci?» gli aveva domandato.

«Nessun problema. Va bene tutto.»

«D'accordo. Allora io dormo dalla parte del bagno, se per te fa lo stesso.»

Gaetano si era disteso a destra, mentre Loris si era attardato a guardarlo prendere posto.

Poi si era tolto la vestaglia da camera e si era infilato nel letto.

Quella notte, dormirono vicini, tenendosi per mano. Non successe niente, nemmeno un bacio.

La notte successiva tornò sul divano. Gaetano non chiese e Loris non propose.

I giorni scorrevano uguali, senza soluzione di continuità. Gaetano faceva slittare il momento in cui avrebbe dovuto staccarsi da quella casa e dal suo benefattore, spostando la data sempre più in là.

Loris appariva più vecchio e stanco, sembrava rimpicciolire. Dava la colpa delle energie che andavano e venivano al cambio di stagione. A volte, si buttava a letto esausto senza nemmeno cenare.

Una notte, Gaetano lo sentì piangere.

Lo trovò seduto sul letto, avvolto nell'accappatoio. Pareva minuscolo, perso dentro il tessuto di spugna azzurra.

«Che c'è? Che succede?»

«Vuoi dormire con me, stanotte?»

«Se ti fa stare meglio, prendo il cuscino e arrivo.»

Quando tornò in camera, Loris se ne stava nudo, in piedi.

Gaetano fissò la figura esile, macchiata da lesioni violacee.

«Ti prego» singhiozzò Loris. «Ti prego...»

«Cosa posso fare?»

«Ti prego, non voglio niente. Solo per un istante, se vuoi, potresti abbracciarmi? Mi basta questo, che mi tocchi, altrimenti io non esisto.»

Moira ritorna al presente. Beve un sorso di Coca Zero e sorride a Wanda, che le passa una fetta di torta. La taglia a metà e me la porge. La osservo bene. I capelli radi e la cicatrice da ustione la rendono brutta a un primo sguardo, ma superato il momento ci si accorge che lo sguardo è limpido, dolce. Ha mani grandi, che le unghie ricostruite non riescono a ingentilire.

«Poi cos'è successo con Loris?» So di essere brusca, ma spero in un lieto fine, in qualcosa di bello per Moira.

«Oh... Loris poco dopo è morto.»

Dopo la morte di Loris, dovette andarsene dall'appartamento.

Che poteva fare adesso? Si ritrovò al punto di prima. Alla stazione di Padova osservò il tabellone delle partenze. Con i pochi soldi che aveva in tasca, l'unica era tentare la fortuna a Venezia. Comprò un biglietto fino a Mestre e un panino e si sedette ad aspettare su una panchina. Spezzettò il pane e lo gettò sui binari, dove un ratto cercava qualcosa da rosicchiare.

Il treno arrivò, vomitando sulla banchina il suo carico di pendolari. Aveva atteso fino a dieci minuti prima della partenza, aveva caricato le valigie, si era tolto le scarpe e si era messo comodo allungando le gambe sul sedile davanti al suo.

«Sarà quel che sarà» si era detto.

Se la stazione di Padova era brutta, quella di Mestre lo era anche di più. C'erano meno barboni e stranieri, ma il senso di precarietà e di abbandono che di solito si percepisce nelle stazioni, a Mestre era ancora più marcato.

Un odore di bitume e popcorn aleggiava dappertutto. Qualcuno aveva vomitato nel sottopasso che portava verso l'uscita, mescolando al resto anche il tanfo di acido e di alcol.

Il panino gli si stava ricomponendo nello stomaco. Trattenne il respiro e uscì all'aria aperta: la pensione Alba gli si parò davanti nel suo mesto squallore.

Mario, il proprietario, l'aveva accolto con un sorriso.

«Resterò poco. Mi servirà una camera per qualche settimana.»

«Certo, le diamo la stanza numero uno, quella che dà sul giardino interno.»

«Grazie mille.»

La pensione Alba non era affatto bella, ma le camere erano pulite ed economiche e poi doveva rimanere per poco, giusto il tempo di capire se in quel buco di culo la fortuna si sarebbe degnata di baciare anche lui.

Moira era lì lì per nascere, ma intanto era ancora Gaetano a decidere della propria vita.

Carbonasso

«Come ci sentiamo oggi?»

«Ci sentiamo bene» rispondo, calcando sul plurale in una specie di solidarietà terapeutica.

«Ha ancora ricercato il dolore, in questi dieci giorni?»

«No, niente dolore, niente cibo.»

«Interessante.»

Si china a scrivere sul quaderno i fatti miei.

«Avevamo detto che avremmo parlato delle sue fantasie sessuali.»

Sempre con questo plurale. Insopportabile. Annuisco.

«Prevedono un qualche tipo di sofferenza?» chiede senza guardarmi.

«No.»

«Oh... bene.»

Sembra deluso. Anzi, ne sono sicura, è deluso. Con cosa si masturberà stasera dopo che me ne sarò andata? Mi fa quasi tenerezza.

«Niente dolore.» Mentre parlo, nemmeno io lo guardo in faccia, fingendo un pudore che proprio non mi si addice.

«Però, sa...» Pausa a effetto, sospiro, ancora pausa. «L'ho sognata.»

Sento il suo sguardo che finalmente mi sfiora. Ho la sua attenzione, dunque.

«Eravamo in un casale, un vecchio casale abbandonato. Stavamo facendo sesso.» Parlo lentamente, scandendo le parole chiave. È una mia impressione o sta trattenendo il fiato?

«Oh, certo, e come lo facevamo?» chiede con tono tra il curioso e il professionale.

«Io ero sdraiata su un materasso posato sul pavimento e lei mi stava sopra.» Pausa, sguardo perso nella stanza. «E sa una cosa davvero curiosa?» chiedo tenendo gli occhi fissi sulla libreria alle sue spalle.

«Dica, la ascolto.»

So che mi stai ascoltando, ci mancherebbe altro. Le tue orecchie mi costano quanto una giornata lavorativa.

«Un topo, un ratto... ci fissava da una trave del soffitto.»

«Un topo?»

«Un ratto.»

Devo averlo spiazzato perché non parla più, e nemmeno scrive. Si starà immaginando la scena. Mentre riflette, calcolo che ogni minuto in cui lui resta immobile mi costa circa un euro e cinquanta. Ha già consumato quasi sei euro fantasticando sul mio sogno.

«È grave sognare un ratto?» chiedo ad alta voce e con un tono insolente.

«Come? Il ratto? No, no...»

So che vorrebbe saperne di più. Glielo leggo negli occhi. Torna a scrivere sul suo quaderno. Bene, prof. Qual è la prossima lezione? Sono tentata di chiederglielo veramente, ma non serve, infatti mi annuncia che la prossima volta *approfondiremo* i dettagli del sogno. Adesso devo inventarmi qualcosa di davvero super.

A fine seduta gli allungo le solite banconote. Una da cinquanta, due da venti.

Le fa scivolare sulla scrivania, tra il portapenne e il timbro. Poi lo schiocco. Chiude il suo quaderno dei segreti. Sempre lo stesso rituale, mai una variazione.

Quando fa così, mi ricorda Hannibal Lecter. Se non sbaglio, anche lui era uno psicologo o uno psichiatra.

Selli

Certe volte la odio. Soprattutto se è nel loop di Max.

Quando vedo i suoi occhi da bove disperato per l'ennesima sparizione o per un messaggio ipocrita di lui, mi verrebbe da uscire e sparare a una mucca.

«Cosa significa quando scrive: "Mi manchi"?» Lo chiede con il tono di chi ti implora di confermarle che lui sta dicendo sul serio.

«Selli, significa che vuole accertarsi di mancarti, così provoca una tua risposta.»

«E che vuol dire?»

Quante volte abbiamo ripetuto questa discussione? Trenta? Quaranta? Da quando è comparso Max ed è diventato anche un mio problema, quante volte ho dovuto spiegarle come agiscono le persone come lui?

«Se adesso gli rispondi, capisce di mancarti e, sapendo di essere andato a segno, che lo stai pensando e che fa ancora parte della tua vita, sparirà di nuovo.»

Selli abbassa gli occhi sul bicchiere, lo fissa come se fosse un qualcosa che non comprende. Sa che ho ragione.

«Invece, se non gli rispondi, quasi certamente ti chiamerà, o addirittura ti chiederà di vedervi» proseguo in tono stanco. «Selli, non è la prima né sarà l'ultima volta che si comporterà così. Vuoi davvero farti ancora del male?»

Il ghiaccio dello Spritz si è sciolto e ora ho un drink annacquato.

Ma che due palle.

«Che faresti, tu?» Ha un tono disperato e la lacrima in canna. Poi vorrà che l'abbracci, che la consoli... no, Dio, non ce la posso fare.

«Non farei niente, non gli risponderei e, banalmente, lo bloccherei.»

«Nemmeno un chiarimento?»

«Nemmeno quello. Ma io sono io. Tu credo che gli risponderai o, peggio, lo chiamerai.»

«No» singhiozza.

Mi viene da ridere. So di risultare pessima, ma davvero non riesco a non ridere della cosa, anche se è grave. Uomini come Max sono dei serial killer dei sentimenti, e quelle come Selli sono le vittime perfette.

Che poi, a dirla tutta, è solo perché ho fatto la scorza a gente come Max: da lui e da quelli come lui ho imparato a difendermi a suon di ferite. Sono tutti uguali, dei cliché umani. Affascinanti e brillanti, ti fanno sentire baciata dalla fortuna quando li incontri. Dopo, comincia il collasso: non sei abbastanza, non sei capace, non sei all'altezza. Spariscono, per ritornare quando sei guarita, o quasi, e riprendere il copione: un'altra come te non l'hanno più incontrata, gli manchi, il tuo amore è fondamentale per loro, e poi, di nuovo, torni a essere niente, di nuovo non sei abbastanza. Un circolo infinito di abbandoni e speranze. Uscirne è difficile, ma non impossibile.

Anch'io ho combattuto contro il mio Max personale. I miei Max, perché sono stati tanti, e ben camuffati. Oramai ho il radar, li annuso a metri di distanza e prima che si avvicinino sparo a vista.

Ci sono certi uomini che quando amano veramente smettono di desiderarti. Non so perché accada, semplicemente amano di un amore spirituale e totalizzante, sublimato.

C'è differenza tra il desiderio e l'amore. Hanno motori differenti. Il desiderio non ha gittata, è un po' come l'innamoramento, che non dà garanzie di trasformarsi in amore.

Non c'è amarezza nel mio sentire. C'è il mio essere realista. È difficile per me analizzare i vari tipi di amore e comprenderne la natura, forse perché ho amato poche volte.

Mi infatuo una volta al giorno, mi innamoro raramente, ma l'amore, quello non ho idea se l'ho provato davvero. Essere infatuata è divertente, innamorarsi invece fa decisamente schifo.

Se posso, lo evito come la peste.

Anja penso di amarla dell'amore che dicevo prima. Di quell'amore sublimato, che non è banale mancanza di interesse o desiderio.

«Ma che ne sai, tu, che ami una puttana.»

Selli ha la capacità di spogliare le situazioni di ogni possibile aspetto romantico.

«No. Amo la persona Anja.»

«Che è una puttana.»

Questo è uno di quei momenti in cui l'idea di farle qualche carezza con un legno nodoso mi risulta incredibilmente appagante.

«Non è questo il punto.»

«No? E quale sarebbe questo fantomatico punto?»

«Anja è un'anima bella. Nonostante la vita che fa. È una pura.»

«Non sono d'accordo.»

«Non la conosci, e comunque è ciò che sento. Puoi anche non condividerlo.»

Selli si mette in bocca una manata di arachidi tostate.

Fuori dal bar diluvia e piazza Ferretto è vuota. Sono tutti sotto i portici.

«Ma tu, una persona normale mai?» dice, sputacchiando pezzetti di noccioline nella mia direzione.

«Se volessi persone normali, non starei qui a chiacchierare con te.»

So che avrebbe voglia di apostrofarmi con qualche cattiveria, ma le arachidi le stanno asciugando la saliva e, se non vuole sputare tutto il macinato che ha in bocca, non le resta che terminare il massacro, e ingoiare. Opto per una manovra diversiva.

«E con Max cosa pensi di fare, allora?»

Funziona.

Gli insulti che le stavano per affiorare sulle labbra scompaiono, lasciando spazio a un sospirone che mi fa temere una doccia alle arachidi e allo sguardo trasognato di chi sta vivendo la vera e unica Storia d'Amore.

Niente. È davvero cretina.

Lavoro

«Capo, ma non è meglio chiudere a chiave, dopo che siete partiti per andare al Tronchetto?» Se dipendesse da me, metterei anche una torretta con un cecchino e del filo spinato. Magari pure qualche mina antiuomo. Non per paura, ma perché mi dà sui nervi la maleducazione.

Una porta, per quanto aperta, socchiusa, spalancata sia, non è un invito a entrare. Una luce accesa non significa che i proprietari sono interessati a ricevere visite. Ma, a quanto pare, non a tutti questa cosa risulta chiara. Arrivano e non suonano. Prima, provano a vedere se il cancello è aperto, poi, quando sono dentro al capannone, a volte urlano un "È permesso?".

La maggioranza, però, viene direttamente in sala lavorazione, ignorando i cartelli di divieto d'accesso. E così ti ritrovi tra i piedi ogni genere di fauna umana: addetti ai lavori, ambulanti, curiosi, forze dell'ordine, qualche cuoco di gastronomia o economo di ristorante.

I carabinieri li vedi spuntare alla fine del loro turno. Vengono a comprare un po' di pesce. Il mio capo spesso glielo regala, visto che è un ex della benemerita, e così loro, prima di passare da noi, ci comprano la colazione. Sono tra quelli che entrano direttamente in sala. Come stanotte.

«Buonasera, favorite i documenti» è il saluto standard del brigadiere Vanin.

Il capo molla il lavoro, va a stringergli la mano. Gli brillano gli occhi non appena vede la divisa. Ogni volta che sento parlare il brigadiere, mi colpisce il fatto che è totalmente privo di cadenza. So che è veneto, ma quando parla non si sente, cosa abbastanza rara. L'appuntato invece è un romano simpatico, sempre pronto allo scherzo. I colleghi sostengono che ci provi con me. In effetti, qualche battutina la fa, ma credo che voglia solo essere carino con una delle poche donne che incontra di notte.

Mentre il capo chiacchiera con il brigadiere mi avvicino all'appuntato, che tiene tra le mani un vassoio colmo di brioche. Saranno una trentina, neanche fossimo delle locuste.

«Teso', scusami, ma non ne ho trovate di vegane.»

«Non ti preoccupare.»

«Hai gli occhi stanchi. Non riposi abbastanza?»

«Dormo poco, sì.»

«Senti, ma te va de usci' uno de 'sti pomeriggi?»

Da lontano, sento Pasquale che brontola. Non capisco cosa dice, ma sono certa che ce l'ha con me.

«Meglio che torni in sala» dico, togliendogli il vassoio dalle mani.

«E 'sto caffè? Ce vieni a pijallo?»

Torno alla carica dopo che i due carabinieri se ne sono andati.

«Comunque, il cancello, io lo chiuderei.»

Il capo esita un istante, poi annuisce. «Se hai paura che entrino estranei, fa' pure. Però, dopo, ti arrangi tu ad aprire e chiudere.»

Mi dà fastidio che pensi si tratti di paura, ma non ho voglia di perdere tempo a spiegare che si tratta di insofferenza alla maleducazione.

Chiudo a doppia mandata. Cinque minuti e squilla il telefono. Il capo mi raggiunge con un sorrisetto irritante.

«Cambiati, che vai al Tronchetto. C'è della piovra da consegnare.» Nemmeno il tempo di dare l'ultimo giro di chiave.

Una vendetta cosmica fatta e finita.

App – Nicola

Nickname: Nicola
Age: 32
Status: Single
14,00 km near...

Una decina di foto. Niente nudo. Palestrato. Nulla di esagerato, ha muscoli ben definiti, tatuaggi e in una foto porta la divisa da pompiere. Denti troppo bianchi. Il suo profilo dice: "Contrario al fumo". È anche deciso. Il suo messaggio d'approccio è: "Sei sexy, ti va di approfondire?". Diretto. Efficace.

Il localizzatore del telefono lo colloca a sei chilometri da me, probabilmente chatta fuori da casa. Controllo rapido del profilo. Sembra a posto.

"Anche adesso" digito in risposta.

"Dove?"

Il locale è fuori dal centro, sulla Riviera del Brenta. Un bar piccolo e accogliente, ci sono solo tavoli alti con sgabelli. Richiedono abilità circensi per sedersi, ma hanno il pregio di creare una bella postura del corpo e di mettere in mostra il tacco dodici indossato per l'occasione. Io non sono una donna piccola, e l'idea di fissarlo negli occhi mi piace.

Lui arriva qualche minuto dopo di me. Sono sempre in anticipo, così posso scegliere il punto di osservazione migliore. Voglio guardarli io per prima. Farmi un'impressione immediata. Osservarli nella loro interezza.

Si avvicina, sfila la giacca e, nonostante il freddo, rimane in maniche corte. Furbo, sa che così facendo esibirà i muscoli delle braccia, che sono davvero notevoli.

Sistema la giacca con cura, mettendoci qualche istante di troppo. Il messaggio è chiaro: "Osservami bene e decidi se ti piace quello che vedi". Posa il cellulare sul tavolo. Finalmente, mi guarda e sorride. Mi dà la mano formalmente.

«Sono Nicola. Sei tu Denis?»

«Sì, piacere. Prendi qualcosa?»

Nicola fissa per un attimo il tavolo, poi il barista.

Intervengo, pronta.

«A me uno Chardonnay.»

«Anche per me» coglie l'aiuto Nicola.

Si siede sullo sgabello. Non accavalla le gambe, le tiene leggermente discoste. Chi ha muscoli come i suoi, difficilmente riesce ad accavallare le gambe con eleganza. Ne sembra consapevole, infatti irrigidisce il quadricipite che si profila sotto i jeans stretti. Si piace, e lo ostenta con ogni gesto o postura che assume. Il suo sguardo brilla nella luce bassa delle candele sparse per il locale; una luce gialla che si rifrange sui bicchieri ambrati, sulle bottiglie scure che ricoprono le pareti. Fiammelle verdi lampeggiano sul suo viso. Mi guarda le scarpe, il tacco lo fa sorridere di approvazione.

«Vesti sempre di nero?» chiede.

«Spesso. Sfina» rispondo caustica. Devo ricordarmi di non essere troppo repulsiva. Il barman ci porta il vino, delle patatine fritte e una ciotola di grosse olive.

«Hai una bella voce e porti belle scarpe. I capelli corti sono intriganti in una donna» dice.

Non tenta nemmeno di fare una conversazione intelligente. Non gli interessa se leggo, se voglio fare un viaggio a New York, se lavoro. Vuole solo capire se gli piaccio di persona come gli sono piaciute le mie foto e se sono una che può scoparlo a dovere. Non cerca un'amica. Gli interessa una bocca attorno all'uccello.

Sicuramente non sono una che presenterebbe a sua madre. Ho quasi quindici anni più di lui e devo apparire piuttosto aggressiva.

Parliamo del locale, del vino, della nostra presenza in quello schifo di chat, il tutto condito dal tedio tipico di chi è consapevole che le domande giuste sono altre. Ti piaccio? Sei single? Ti va di scopare? Ti piace succhiare? Lo prendi dietro? Questo vorrebbe chiedermi, mentre cerca la conferma di piacermi. Il mio scarso entusiasmo per il suo aspetto lo manda in crisi. Ondeggia sullo sgabello, muove le gambe, tenta contatti casuali. Io lascio fare. Osservo il suo imbarazzo. Sorrido parlando di gattini, di gente che non esiste, di luoghi che ho visto. Testo la sua conoscenza del mondo. Didascalica. Niente di intelligente, nessuna osservazione acuta. Solo un velo di noia nelle sue parole.

Poi poso una mano sulla sua, con una carezza intima, personale. Un contatto che va oltre il ginocchio, contro la mia coscia.

«Andiamo?» Lui, stupito, annuisce. Ingurgita il vino in un solo sorso.

Io abbandono, orfano, il mio bicchiere ancora intatto.

Mi dirigo alla cassa e pago. Lui si oppone, ma ho deciso che il prezzo dell'incontro stasera è per me.

Infila la giacca e raccoglie il cellulare. Prima controlla l'ora. Sono le diciotto. Ci vogliono tre minuti per arrivare al parcheggio dietro al locale. Ha piovuto e le pozzanghere riflettono le luci dei lampioni.

Andiamo verso la mia auto parlando di modelli. La sua è un'Audi. La indica con la chiave. Mi avvicino, gli apro il giubbotto e infilo le mani gelide per scaldarle. Tocco la maglietta. I capezzoli gli si irrigidiscono al contatto freddo. So che sul capezzolo destro ha un piercing, l'ho visto in una foto. Lo cerco, accarezzandolo, e lo pizzico piano con le unghie. Lui emette un gemito. Mi bacia con entusiasmo. Mescoliamo sapori di vino e saliva. Mi spinge verso l'auto e si appoggia a me, incollandosi. Sento il corpo muscoloso che si rilassa. Il bacio è lungo.

Mi stacco e gli passo la lingua sul collo. Sulla vena che sporge e pulsa. Mi piace sentirla pulsare. Mi sbottona il cappotto e mi posa le mani sul seno. Il maglione è spesso e il contatto risulta ovattato, non mi eccita. È abbastanza esperto da capirlo subito, infatti lo solleva e infila le mani, spostando la coppa del reggiseno a balconcino. Mi afferra un capezzolo e lo strizza. La mia risposta è immediata. Gli ricordo che ha un piercing e che si trova tra le mie unghie. Emette un gemito di dolore, ma gli piace. Con la destra mi slaccia i pantaloni. Li abbassa quel tanto che basta a insinuare la mano e a toccarmi. Mi accarezza con delicatezza, poi sfila le dita e le lecca. Mi abbassa di più i pantaloni e mi fa voltare. Sento che armeggia con la cintura. La zip scende. Si sputa sulla mano. Mi prende per i fianchi e mi piega leggermente in avanti.

«No, dietro...» Non termino la frase. Prima sento due dita che aprono la strada, poi lui.

Entra in un colpo solo. Fa male. Fa male da morire.

Fa scivolare la mano davanti e comincia ad accarezzarmi la clitoride. Quasi non si muove. Sembra in ascolto del mio respiro, sembra attendere che la smetta di mugolare. Sento il suo orgasmo arrivare. Assecondando le contrazioni dello sfintere, inizia a spingere. Lo fa con cattiveria. Gode. Lo fa dentro di me. Io sento solo male. Esce piano. Mi bacia la nuca. Si ricompone e senza dire niente si dirige alla sua auto. Mi lascia con i pantaloni abbassati e il cuore che batte all'impazzata.

«Fanculo» sibilo. Mi accascio sul sedile, senza sistemare i vestiti. Mi tremano le gambe.

Il cellulare lampeggia e vibra.

È Anna.

Leggo: "Possiamo parlare?".

Anja

«Amor meu, tudo bem?»

«Sì, Anja, scusa il disturbo.»

«Denise, che succede?»

«È che non so con chi parlare, e io, boh... mi sento da schifo.»

«Ci sono io, amor, che è successo?»

Le racconto della app, dell'incontro con Nicola, del fatto che non so come si fa, che mi sento sporca, che sono un'incapace. Le parole escono come vomito, fiotti di frasi che non sembrano avere alcun ordine. Lei, in silenzio assoluto, ascolta. Alla fine sto singhiozzando, ma non è isteria o panico. Solo una profonda tristezza.

«Baby, me escute, ascolta, vieni qui.»

«Anja, devo andare a casa. Anna mi aspetta.»

«Anna ti aspetterà. Tu ora hai bisogno di una dose di

Anastasìa, non di tristezza. Forza, muovi quel grosso culo dolorante e vieni qui.»

«Deficiente» sussurro.

«Sì, sì... ma intanto stai sorridendo, amor.»

Il cellulare buttato sul sedile passeggero si illumina più volte. I messaggi di Anna arrivano a pioggia. Ha anche tentato di chiamare, ma ho il timore che se ci parliamo capisca che qualcosa è successo, o che mi ricopra di insulti. Ho paura di reagire con cattiveria, e non sarebbe la prima volta. Già in altre occasioni mi sono ritrovata a risponderle male. Mi capita quando ogni frase che esce dalla sua bocca è un rimprovero per ciò che ho fatto o che non ho fatto; per qualcuno che lei detesta e che io mi sono permessa di salutare; perché ho messo troppo di qualcosa nel cibo: troppi funghi, troppo pomodoro, troppo sale.

La sua vocina soave diventa allora un sibilo fastidioso, e io provo solo il desiderio di offenderla, di ferirla.

Vedere Anja in tuta da ginnastica e pelliccia lilla ha un che di surreale. Il mio cervello fatica a trovare un senso alla capigliatura nerissima e lunga, alle ciglia finte, alla scritta "Diadora" sul lato dei pantaloni. Lei sembra a disagio e questo la rende buffa.

«Se sapevo che ci mettevi così tanto, me davo una sistemata. Sembro una profuga.»

Rido. Ride anche lei.

«Stento a credere che nel tuo guardaroba possa esserci una tuta da ginnastica.»

«Ma comunque resto sexy. Una profuga sexy.» Ancora la sua risata alla Carrà.

Rimango a guardarla mentre si sfila la pelliccia e la lancia sul sedile posteriore.

«Raccontame tutto. Cosa ti ha fatto quello stronzo?»

Le ripeto con calma di Nicola, del fatto che volevo dimostrare che anch'io potevo essere normale, che potevo piacere a qualcuno, soprattutto a un uomo.

Anja ascolta torva.

«Denise, cosa ti fa più male? E non intendo il culo.»

«Non so. Pensavo di essere io quella che gestiva il gioco. Non so... davvero non so.»

«Per essere un gioco, meu amor, tutti i partecipanti devono essere consapevoli che si sta giocando, altrimenti diventa altro. Sei fantastica, Denise, ma nei rapporti fai sinceramente schifo.» Mentre mi parla, con un fazzoletto mi pulisce le tracce di trucco sbavato. Per un istante ho il timore che lo bagni di saliva, come faceva mia mamma quando ero piccola.

«Sì, vero. Ma questo...»

«Certo, non lo giustifica. Ma tu hai commesso l'errore che facciamo tutte, gli sei sembrata d'accordo.»

«No, Anja, sul serio, non è così.»

Lei fa una faccia scocciata, tipica di quando parlo senza ascoltare.

«Denise, io non parlo benissimo, ma tu non sei una sciocca. Sei abituata a comandare su tutto: persone, sentimenti, emozioni. Tu controlli tutto. Mandi agli altri un messaggio chiaro: sono una che non ha paura di niente. E sai come viene visto questo? Che tu sei una... non mi viene il termine... Noi le definiamo *tomboy*. Una maschiaccia.»

«Una lesbica maschile? Non ha senso, Anja...»

Altra faccia scocciata.

«No, amor, non lesbica, ma una specie di maschio con le gonne.»

«Continuo a non capire.»

«Loro non pensano di farti del male.»

«Non lo pensano?»

«No, non lo pensano. Come non pensano che le puttane possano innamorarsi, o che le transessuali possano avere dei sentimenti. Semplicemente fanno quello che serve a loro. E siccome tu sei indipendente, credono de no doverte niente. Nessuna attenzione.»

Rimango a fissare il cruscotto illuminato dalla fioca luce del lettore CD. Alzo un po' il volume.

Anja recupera la giacca.

«È tardi, meu amor, ma ascoltami, il problema è semplice: conoscere gente in questo modo non è conoscere veramente. Lui ha trovato una scopata gratis e tu ci sei cascata. Vuoi un consiglio? Va' a casa, lavati per bene, metti del profumo che ti piace. Togliti il tizio di dosso e dimenticalo.»

Apre la portiera dell'auto, ma prima di uscire si volta e mi fissa per qualche istante.

«Denise, hai fatto una cazzata. Ma la regina delle cazzate resto sempre io.» Poi, richiude lo sportello con un colpo secco e mi manda un bacio con la mano.

Il cellulare vibra.

Ci sono tredici messaggi di Anna.

Anna

«Denis, va-ffan-cu-lo!»

Quando la luminosa Anna grida, raggiunge frequenze udibili solo ai cani. Irritante. Devo reagire, nonostante non mi interessi la ragione del suo risentimento.

«Che ho fatto adesso?» Sicuramente il mio cracra di rana che gracida non è stato soddisfacente. Pazienza, non so esibirmi meglio, per il momento.

Prende l'iPad e me lo lancia addosso.

«Cosa ci fai con un'applicazione per incontri?» La sua voce sfiora l'ultrasuono.

«Mi ha suggerito la psicologa di scaricarne una e...»

Non posso dirle che l'idea è stata di Selli.

«E di andare a troie? Eh? A troie, vai?»

«Anna, no, cerco uomini.» Certo che non brillo di genio, nella risposta.

La gorgone davanti a me è furibonda. Fa esattamente quello che fanno nei telefilm le donne tradite. Urla, lancia oggetti, piange, tenta di abbracciarmi, urla di nuovo. Rinuncio, infelice, all'idea di farle notare che "vaffanculo" l'ha sillabato sbagliato. Non sarò un genio, ma nemmeno ho istiniti suicidi.

Finalmente si toglie le pantofole, infila le scarpe, afferra la borsa ed esce.

Sono stanca. Lavorare di notte mi stanca, gli esseri umani mi stancano, le parole mi stancano. Non serve nemmeno contare fino a cinque, il cellulare si illumina e so che è lei. Le risponderò dopo. Adesso no. Adesso dormo, o stanotte non mi alzo.

Lo sento lontano, il rumore delle chiavi posate nella scatola in tek dell'ingresso. Sospiro e socchiudo un occhio cercando di capire che ore siano. Mezzogiorno. Una sola, schifosissima, ora di sonno.

«Dormi?»

«Dormivo.»

«Scusami, amore. Ti ho svegliata?»

«Dici? In effetti che ci faccio a letto a quest'ora?»

«Non vedo la ragione di essere sarcastica.»

«No, eh? Eppure...»

«Denis, non voglio litigare.»

«Nemmeno io. Però ci sono cose che non funzionano.»

«Mi spiace, se è per il rumore...»

Lo sento perfettamente. Un click. Qualcosa che mi si spezza dentro.

«No, non è il rumore. È anche il rumore – click – ma soprattutto è il tuo impicciarti nella mia vita, il tuo cercare continuamente conferme – click.»

«Non lo faccio mai.»
«Cosa non fai?»
«Farmi gli affari tuoi. Solo che ci tengo, a te.»

Adesso ha questo tono lacrimoso. Un piagnisteo, proprio. Mi si insinua sottopelle, tant'è che mi si accappona. Si avvicina con l'intento patetico di farsi abbracciare.

Ma muori, Anna. Muori adesso. In questo istante. O almeno evapora. Scompari.

«Ti prego, amore, se mi dici dove sbaglio posso cambiare.»

«Intanto, questa cosa che ti fai gli affari miei spettegolando con la Veneterrona qui sotto...» Mura sottili, effetto garantito: conto che la terrona in questione, che è mezza veneta e mezza di giù, mi senta. «E poi il fatto che mi controlli il cellulare e il tablet, che ti insinui in casa mia.»

Mentre lo dico, è come se diventasse lampante anche per me. Non la amo. Non la amo per niente. Mi disturba, il più delle volte. E in un attimo comprendo esattamente come mi sento. La odio.

Anna si inginocchia davanti a me, Maddalena penitente. Mi abbraccia le gambe. Posa la testa sul mio grembo.

Lo specchio dell'armadio rimanda un'immagine sacra: dea in mutande e maglietta, serva con cappotto e cappello. Poi Anna ci prova. Mi bacia la pancia. Piccoli baci, mentre le mani mi accarezzano. Perfetto, il sesso riparatore, il più abusato dei cliché.

La lascio fare, e nel frattempo non riesco a staccare lo sguardo dallo specchio. Quello che vedo mi affascina, davvero mi dà l'idea di qualcosa di sacro, ma sta succedendo a un'altra me. Io non sento niente. Non provo niente. Le poso la mano sulla testa, per sentire se è reale. Lo è. Sento il cappello di lana sotto le dita, e poi i capelli, biondi, sottili, che scendono sulle sue spalle ossute, magrissime rispetto alle mie.

Il suo corpo c'è. Il mio è un involucro. Ancora una volta, un involucro vuoto.

Se ci riesci, Anna, se riesci a farmi provare qualcosa, allora ti darò un'altra possibilità.

La Psicologa

Vuole sapere il motivo di questa tonsura? Vorrei dirle che il motivo è estetico, che mi piaccio così. Sarebbe una risposta parziale. Io non mi piaccio proprio. Il bypass gastrico ha risolto in parte il problema del peso, ma se prima avevo centosessanta chili da portarmi addosso, ora ho dodici metri di cicatrici, un corpo maciullato che sembra passato in un tritacarne e la consapevolezza che io sono e sarò per sempre un'obesa. Sa, dottoressa, l'obesità è una malattia, ma è soprattutto uno stato mentale. Puoi pesare cinquanta chili o duecento, non cambia niente di niente. Un'operazione non elimina l'abitudine agli insulti, non guarisce il male spirituale. La donna, poi, è anche più esposta, sensibile. Un uomo, sa com'è, fa simpatia. Una donna fa solo schifo.

Esiste un mondo che la gente non conosce, fatto di frustrazione e solitudine, che in realtà è una cloaca di miserie umane: parlo delle comunità online di incontri per persone come me. So che ne esistono per ogni categoria, ma quelle per obesi sono davvero raccapriccianti. Un trionfo di "Cicciottelle sexy" o "FatManLover". Nickname che dichiarano al mondo una specie di orgoglio da grassoni, e non le dico delle foto... Donne in abbigliamento da pin-up anni Cinquanta che somigliano a quelle dei dipinti di Botero. Aggettivi tipo "rubensiana" e "boteriana", che sembrano voler nobilitare qualcosa di vergognoso, o tipo "burrosa" e "morbida", che vengono usati come complimenti, come se una donna normopeso si definisse "bionda" o "seducente".

Io ci sono arrivata, in quelle spiagge, perché mi serviva aiuto per trovare negozi di abbigliamento oversize. Ci ho trovato, invece, un mare di solitudine. Giusto o sbagliato? Sa che non saprei? Da una parte c'erano i ciccioni, dall'altra i fat admirer, gente a cui non interessa chi sei, solo quanto pesi. Ottanta chili? Sei bellissima. Centoventi? Sei fantastica! Centosessanta? Allora sei una dea. Ma non appena gli dici che tu con loro non farai sesso, ti senti rispondere con frasi del tipo: "Grassona di merda, muori da sola". E questa è una delle più gentili.

Una razza davvero schifida sono i predatori, quelli convinti che le donne grasse siano insicure, cosa vera; che soffrano di solitudine, altrettanto vero; che cerchino conferme costanti di essere accettabili, anche qui verissimo. Perciò, uomini mediocri che nella vita normale non batterebbero chiodo con nessuna in siti come questi proliferano. Perché, si sa: la donna grassa è talmente disperata che, pur di farsi dare una botta, la darebbe anche al gobbo Quasimodo. E la vuole sapere una cosa? Ragazzine di vent'anni, anche belline, si ritrovano a letto con uomini di sessanta, spesso laidi, sposati e agghiaccianti, solo perché si sono sentite dire che sono stupende, magnifiche.

Non so cosa è peggio. Se quelli che ti guardano perché sei grassa, o quelli che cercano di portarti a letto perché sei insicura e sola, e dunque preda facile per ogni subumano capace di approfittarne. Io in quel mondo, per il timore della solitudine, di male me ne sono fatta abbastanza. Ma non ero una ventenne, non ero disperata e lo avevo scelto perché almeno lì piaceva il mio lardo.

Invece molte, mi creda, offrivano sesso a uomini orrendi, semplicemente perché cercavano qualcuno che le amasse.

Poi, col tempo, te ne accorgi che sei solo un buco, uno sfogatoio. Ma ci arrivi tardi a capirlo.

Anja

«Che ti è successo qui, amor?» mi ha chiesto un giorno, sfiorandomi il braccio e pensando a qualcosa di terribile.

«Il termine giusto è dermolipectomia brachiale. In sostanza mi hanno tolto della pelle in eccesso dopo il dimagrimento eccessivo. Avevo delle ali mica male» ho risposto, mostrandole fino a dove arrivava la pelle in eccesso. «Arrivavano fin qui.» Le ho indicato un punto circa a metà delle costole.

«Ma così lunghe?» ha domandato incuriosita.

«Be', partono dall'ascella e arrivano fin quasi al polso. Una metrata circa per braccio.»

Anja, che fino a quel momento era stata ferma, spinta dalla curiosità ha accarezzato una delle due cicatrici. Ho fatto un salto all'indietro, come scottata da quel contatto improvviso. Mi sono sentita brutta, rappezzata, una donna patchwork. Lei, mortificata, ha subito ritirato la mano, agguantando, nella ritirata, la mia e portandosela alla bocca. Mi ha fatto un baciamano.

«Amor meu» mi ha detto, «scusami. Sono stata indelicata.»

Mi ha abbracciata. Tremavo.

«Quante cicatrici hai?» ha chiesto.

«Tante. Dodici metri» ho bisbigliato. «Ho più cicatrici che anima.»

Anja tenta ancora una volta di farmi desistere dall'esperimento della app di incontri.

«Amor, fare così non ti aiuta. Non hai bisogno di buttarti via, tu.»

Mi fa tenerezza questo suo atteggiamento da mamma. Mi dà una sensazione di famiglia che mi manca da tanto tempo.

«E poi, è pericoloso. Se ti faceva del male? Non puoi uscire con persone conosciute online senza dirlo a nessuno. Almeno avvisami la prossima volta! Anche tra noi puttane lo facciamo. Prendiamo le targhe, così se una non torna...»

Non ha tutti i torti.

«Denise, tu prendi tutto troppo alla lettera. Conoscere gente non significa questo...» La mia amica è preoccupata. Parla a raffica.

A mia volta, mi preoccupo per lei. Anche se è stata maschio in un'altra vita, in questa sembra fragile, e il suo corpo è più simile al mio che a quello di uno qualsiasi degli uomini che se la sbattono in auto tutte le notti. Siamo alte uguali, quando è senza tacchi, e ha più tette di me, cosa che la diverte molto.

«Un giorno, amor, te regalo le mie tette» mi ripete quasi ogni notte.

«Amore, no, grazie. Mi bastano le mie.»

«Agli uomini piacciono grosse, le tue sono piccole...»

«Sì, ma sono vere, non me le sono scelte su uno scaffale.»

«Io te amo, ma tu sei davvero cattiva, Denise. Comunque, non cambiare discorso, raccontame del tizio.»

Anja, in tenuta da combattimento, sta bevendo il terzo caffè della nottata. Ha già avuto due clienti.

«Me servirebbe un bagno, una toilette. Così me lavo un pochino.»

Cerco nella borsa delle salviette umidificate e gliele passo.

«Grazie, amor, ho le mie. E dunque? L'arabo? Il tuo vicino, come se chiama?»

«Yussef, e non è arabo.»

«No esser pignola, amor, dimmi del marrone.»

«E tu non fare la razzista, Anja. Sei marrone anche tu.» Ride, tirando indietro la testa, civetta.

«Al massimo sono abbronzata. Allora? Avete scopato?»

«Ma che è tutta questa curiosità sulla mia vita sessuale?»

«Uh, sentila...» esclama, accentuando la voce nasale e acuta e atteggiando la bocca a culo di gallina.

Antonio ha lasciato il furgone ed è venuto a sedersi con noi. Anja, in cerca di solidarietà, si rivolge a lui.

«Antonio, se responde così, gliel'ha regalata.»

«Ne hai per tutti stanotte, eh?» ridacchia lui.

«Denise, finisci de raccontarme, che tra poco devo riprendere.»

Anja si adombra, fissando un punto al di là dell'aiuola spartitraffico.

Seguo la direzione del suo sguardo, dietro una siepe mi sembra di vedere qualcosa che si muove.

Antonio mi precede: «Sono le bulgare?».

Anja si stringe nelle spalle. Vorrebbe essere un "Non lo so", ma per noi è una conferma. La nostra amica trema un po'.

«Che hai, Anja?»

«Niente, è umido stanotte, meu amor.» Poi si rivolge ad Antonio: «Te lascio cinque euro, torno dopo per un altro caffè e pago anche para Denise.»

Come se non ci conoscesse, senza salutare, si gira e a passo svelto si dirige verso il marciapiede. Con un gesto rapido solleva la gonna fino all'inguine, mostrando perizoma e reggicalze.

Due auto rallentano. Una Nissan tira dritto, mentre una Ford station wagon si ferma qualche metro più in là. Anja si avvicina e con movimenti civettuoli si appoggia al finestrino del passeggero, facendo scivolare in basso la maglietta già molto scollata.

La cosa strana è che Anastasìa che fa rima con fantasìa,

così femminile, seducente e curata, per un istante, quando mostra quello che ha tra le cosce, sembra remissiva e docile, perché agli uomini lei piace solo per ciò che ogni giorno le ricorda che non è una donna.

«Agli uomini piace l'uccello grosso. Funziona così. Ma se un uomo me ama, deve scoparmi lui. Se lo vuole nel culo, allora è solo lavoro.»

Tutto in questa vita è un affronto alla sua femminilità.

Angel

La prima volta che Angel è comparso era un pomeriggio estivo. Dovevo vedere Anja, l'idea era di andare in giro per negozi. Secondo lei, avevo bisogno di mettere un po' di colore nella mia vita e nel mio armadio. Le avevo mandato un messaggio per avvisarla che ero arrivata al residence e la aspettavo in auto.

"Arrivo sopito" era stata la risposta. Mi aveva fatto ridere. Se nel parlato, a parte qualche intercalare e l'accentazione bizzarra, se la cavava bene, ancora non riusciva a scrivere decentemente. Più di una volta le avevo detto che "sopito" significa addormentato. «Ma se il cellulare dice che va bene, allora credo al cellulare» rispondeva in tono allegro.

Mi ero prospettata un pomeriggio trascorso a litigare su colori troppo accesi, vestiti troppo corti e maglie troppo scollate. Invece, dal portoncino del residence era uscito Angel. Dolcevita nero, pantaloni cargo neri, un cappello a coprire i capelli lunghi e neri. Niente trucco, a parte un po' di matita sugli occhi e lo smalto nero sulle mani. Niente tacchi, niente borse firmate.

Si era seduto sul sedile del passeggero e aveva allacciato la cintura. Io, ammutolita, fissavo quell'estraneo che era salito sulla mia auto. Non riconoscevo Anja, non la vedevo. Davanti a me c'era un ragazzo dall'aspetto malinconico.

«Prima o poi dovevi vedermi da *uoma*.» Angel aveva usato la voce di Anja per rompere il ghiaccio.

Sentivo che avrei dovuto dire qualcosa, anche una banalità, per spezzare l'imbarazzo che stavo provando in quel momento.

«Ma... Anja?»

«L'ho legata, imbavagliata e chiusa nell'armadio. Tranquilla, sta benone.»

Per un istante eravamo rimasti in silenzio, poi lui aveva riso coinvolgendo anche me.

Anja

«Denis, la stanno pestando. Ho chiamato la polizia, ma la stanno riempiendo di botte!» Antonio, in preda al panico, urla dentro al cellulare.

Chiudo la chiamata senza dire niente e mi dirigo nello spogliatoio.

«Dove ti va?» domanda il capo.

«Mio padre non si sente bene. Vedo come sta e torno subito.» Devo avere una faccia terribile, perché non fa altre domande.

«Mandame un messaggio se non ti torni.»

Dal capannone al semaforo sono due minuti, potrei andare a piedi ma prendo l'auto. Anja non c'è. Per un attimo, penso di essermi sbagliata. Scendo e mi guardo attorno. Al distributore Tamoil, cento metri più in là, sul confine crepuscolare tra la luce delle insegne e il buio di Marghera, vedo delle ombre agitarsi. Abbandono la macchina e corro verso di loro.

«Ma cosa...» ho il fiato corto per la corsa «sta succedendo?»

Antonio è immobile. Non capisco.

Stanno prendendo a calci Anja in tre. Lei, in posizione fetale, tenta di ridursi a una palla. Una delle bulgare, una mora con le sopracciglia tatuate e la sigaretta in bocca, riesce a prenderla sulla faccia con la punta di una Nike. Le altre due ridono.

«Antonio, fermale!» urlo. Ma lui è inerte. Con la mano destra ad artiglio, stringe la maglia all'altezza dello sterno.

Una delle gregarie si gira verso di lui: «Se ti muovi, ti distruggiamo il camion» sibila perfida.

Le tre donne sono giovani e aggressive, e lui ha superato i sessanta da un po'. Anja piange, geme, ma non urla, mentre quelle ridono sguaiate.

«Ti sei portata i rinforzi!» le dice una bionda con le labbra a canotto e i jeans strappati. Si volta verso di me e mi fa l'occhiolino. Sarebbe molto bella se non fosse per quella bocca eccessiva, messa in risalto da un trucco anni Ottanta. «Se vuoi, dopo ci prendiamo cura anche di te.»

Dal cespuglio dietro il baracchino del distributore escono altre due figure. Un uomo alto, magro, di colore, e un'altra di queste mosche coprofaghe dell'Est.

«Credo sia il Re.» La voce di Antonio sembra provenire da molto lontano.

L'ultima arrivata si distacca dal nero, avvicinandosi a noi.

La bionda si rivolge ancora a me, con quel suo accento schifoso: «Non ti intromettere. Non ti conviene».

«Basta, la ammazzate!» Stavolta grido con forza. Ma nessuno mi ascolta.

La tipa a pochi passi da me allunga una mano verso il mio petto, vicinissima. Sembra avere appena diciott'anni, è minuta, con i lineamenti da zarina. Non mi tocca. Sento solo la sensazione delle sue dita che mi stringono il cuore in una morsa. Dice qualcosa, ma non capisco.

La bionda scoppia a ridere: «Dice che se ti muovi, le diamo anche a te».

Il nigeriano osserva la scena divertito, fumando. Non si intromette. Assiste a uno spettacolo destinato solo a lui.

Temo per Antonio, che pare sull'orlo di un infarto. Pallido, ha conati di vomito. Sembra vecchissimo. La ragazzina, la mano ancora alzata, fa un altro passo verso di me. Una zaffata mi investe, l'odore del suo profumo che si mescola a quello della benzina e alla puzza chimica di Marghera. Alla luce gialla dei neon, sembra tutto disperato, lento.

«Tu toccami, e questa mano te la ficco nel culo.» So che non mi ha capita, ma il tono deve essere chiaro, tanto che si blocca e guarda il nero, il quale continua a non considerarci. Labbra a canotto e l'altra gregaria si inginocchiano e a forza allargano le braccia di Anja nella posizione di un Cristo blasfemo. La mia amica si dimena uggiolando. Ha la faccia tumida, un occhio le si sta gonfiando di brutto, perde sangue dal naso. Sopracciglia tatuate la colpisce tre volte alle costole con un tonfo sordo, quello che si sente quando un pugile colpisce un sacco, poi la calpesta tra le gambe. Sale con entrambi i piedi su Anja, che dopo essersi pisciata addosso finalmente sviene.

In lontananza, luci blu segnalano che la cavalleria è in arrivo. Il Re indica il cespuglio. I cinque scompaiono. Non corrono, se la prendono con calma. Rimaniamo noi tre, Antonio che si accascia su un muretto e io che tento di soccorrere la mia amica stesa a terra.

Croazia

Anja non può lavorare. È cintura nera di make-up, questo è vero, ma finché l'occhio non si sgonfia, il trucco non serve a molto.

«Tra un po' piovrà anche qui» dice Angel fissando la linea dell'orizzonte, più in là, verso il mare aperto.

Annuisco. Il cielo sembra tagliato di netto a metà. Nella parte più scura e lontana sta diluviando. Torno a guardare la nostra proiezione privata. Anche lui spia, all'interno dell'appartamento di fronte, i vicini che cenano.

È già da un po' che voleva fare un viaggio, solo noi due, magari al mare, e dopo la notte del pestaggio mi aveva talmente lavorata ai fianchi che avevo finito per accettare.

«Qui vicino ci sono Jesolo o Caorle» avevo proposto.

«Siamo vicini al mare, amor, ma è un mare brutto. Sporco.»

«Che hai in mente?»

«Croazia! Le puttane slave dicono che è bella, ed è vicina. Ho trovato anche un buon residence.»

All'inizio pensavo sarei partita con Anja, e invece all'ultimo era arrivato Angel.

«Qualche giorno senza tacchi, meu amor... me sembra un sogno» aveva detto salendo in auto.

La verità è che, lontano da Marghera, poteva lasciarsi alle spalle il pestaggio, sentirsi normale anche solo per un breve momento.

L'appartamento che ha trovato è piccolo e pulito, fronte mare. In una palazzina speculare, nell'alloggio dirimpetto al nostro, fin da subito abbiamo iniziato a osservare la vita di Sasha e Agnes.

«È il nostro cinema privato, meu amor» mi sussurra a bassa voce mentre, al buio, ci intromettiamo nei loro affari.

Sasha ha una faccia tipica dell'Est, tratti tagliati, netti, spigolosi, i capelli color topo, tanto brutto quanto invece Agnes è carina, morbida e dolce, luminosa come molte donne delle sue parti. Le cose cambiano, però, quando sorridono. Sasha ha una risata contagiosa, che lo rende simpatico, quasi attraente, mentre i brutti denti di Agnes le regalano dieci anni in più.

Stamane, al bar, mentre facevamo colazione, sono entrati anche loro. Ci hanno salutato con un sorriso e un cenno della testa.

«Angel, che si siano accorti che li stiamo spiando?» gli ho chiesto in tono ansioso.

Adesso, c'è ancora un po' di luce nonostante il sole sia tramontato. Nubi pesanti di pioggia si stanno avvicinando rapide. Il vento muove leggero le tende. Nella penombra della nostra stanza guardiamo Agnes che sparecchia mentre Sasha le accarezza il culo.

«Secondo me stanotte scopano.» Angel sorride furbo.

Appoggio la testa alla sua spalla e lui mi lascia fare.

«Hai un buon odore, Denise.» Mi stampa un bacio sulla fronte.

«Anche tu, Angel.»

Agnes va in camera e si cambia. Dopo un po' lei e Sasha prendono la giacca. Lui la aiuta a indossarla. La bacia sulla nuca, spostandole i capelli. Per un istante rimaniamo entrambi col fiato sospeso, sperando in un cambio di programma. Escono.

«Peccato» dico, «niente spettacolo erotico.»

«Vuoi che usciamo anche noi?» chiede Angel.

Si dirige verso l'armadio. Lo apre. Dentro, non c'è traccia di Anja, nessuna scarpa col tacco, niente minigonne o top scollati. In bagno, i trucchi sono miei. Mi commuove la fiducia che ripone in me, mostrandosi senza difese.

Usciamo. C'è un'aria quasi fredda che arriva dal mare. Il vento si è alzato portando odore di acqua agitata e di pioggia. La linea di demarcazione tra il diluvio e la zona franca è sempre netta, anche se qualche goccia, ora, sta cadendo pure su di noi.

Ci ripariamo in un bar. Il proprietario ci accoglie senza salutare, ci indica un tavolo e chiede cosa vogliamo. Nessun bloc-notes, urla la comanda a una ragazzetta invisibile dietro al bancone che, pronta, esegue. Sul fondo del locale, vicino a un vecchio juke-box, c'è una tenda rossa. Un uomo grasso col sigaro spento in bocca si avvicina e solleva il divisorio, mostrando un minuscolo cavedio; al centro, un albero triste in debito di sole. Una cupa luce viola indica l'ingresso di un hotel casinò. Angel segue la direzione del mio sguardo, poi tuffa la faccia nel suo bicchiere di cedrata.

«Che succede?» chiedo, ingoiando una cucchiaiata di gelato al cocco.

«Niente...» risponde. Non mi guarda. Il suo disagio ora è evidente.

«Dài, amica, dimmi che succede.»

Angel ha uno scatto irritato.

«Che ho fatto?» insisto.

Lui non risponde. Posa il bicchiere e si pulisce la bocca con un tovagliolo di carta verde.

«Denis, qui sono amico. Amico, non amica. Qui sono Angel.» Parla con voce naturale, senza urlare, ma sento che si trattiene. Solo quando pronuncia il mio nome corretto, Denis, e non Denise, per un istante il tono acuto di Anja ricompare.

«Oh, scusa...» Vorrei finire la frase ma lui alza la mano, ammutolendomi.

«No, amor, è colpa mia. Ho solo paura che a te piaccia più Anja. E io non l'ho portata qui con me.»

C'è uno strano dolore nel suo sguardo. Una sofferenza che non comprendo e che mi lascia interdetta.

«Angel, ho sempre pensato che voi voleste essere definite donne...» biascico in mia difesa.

Allontana di colpo il bicchiere come se fosse veleno.

«Angel, scusami... davvero.» Sono costernata, e non credo di capire cosa stia accadendo.

Si sfila il cappello, che di solito tiene calato sugli occhi, liberando i capelli corvini e lunghi fino alle scapole. Penso che la sua reazione sia eccessiva.

La tenda rossa si sposta come la muleta di un torero, attirando il mio sguardo. È il vento che arriva dal mare a muoverla. Intravedo la figura di Sasha che, appoggiato al muro esterno del casinò, fuma una sigaretta. Ha il bavero del giacchetto alzato, perché la pioggia si è fatta più intensa e il vento la sospinge fin sotto la pensilina che dovrebbe tenerlo al riparo.

Anche lui alza gli occhi e incontra i miei. Rimaniamo così, a fissarci per qualche istante, immobili, mentre tutto attorno a noi si muove. Angel, il vento, la pioggia, le foglie dell'albero solitario in quel giardino interno, la tenda rossa, una donna anziana che ciabatta, tutto e tutti si muovono facendo rumore. Sasha e io invece sembriamo due statue di sale. Una nuova folata appiccica la tenda sintetica al muro come se fosse velcro. L'ingresso dell'hotel si apre. Il ciccione col sigaro esce. La porta spalancata mostra per un istante l'interno. Luci viola ovunque, e Agnes che balla nuda su un tavolo. Un ragazzo le infila le dita tra le cosce, poi se le lecca.

Angel m'ignora, parlando con un vicino di tavolo. Fa il buffone e l'altro, l'estraneo, ha uno sguardo di scherno, di compassione e di fastidio, lo sguardo degli etero quando guardano quelli come Angel, o come Anja. Mi alzo dalla sedia e lascio due banconote sul tavolo. Non piove più. Il vento mi incolla i vestiti addosso e, anche se l'aria è tiepida, sento freddo.

Angel mi raggiunge, mi abbraccia.

«Andiamo, meu amor» mi sussurra. Si è rimesso il cappello.

Lo seguo in silenzio. Intorno a noi, l'odore denso di asfalto bagnato.

Ho voglia di parlare con Anastasìa che fa rima con fantasìa. Ho voglia della mia amica.

E lei è lontana, a casa.

Verso l'alba Yussef mi ha portato due cestini di fragole. Per andare al lavoro passa davanti al mercato della frutta, e ha pensato di portarmene un po'. È una di quelle cose che fanno bene all'anima.

Mi fanno tenerezza questi uomini. Di notte è dura fare un regalo a qualcuno, a una donna, poi, è quasi impossibile. Cercano di prendersi cura di me, ma non sanno come.

Anche il vecchio Gino mi porta sempre qualche oggetto, spesso assurdo. È il suo modo di ringraziarmi per il caffè che gli preparo, o perché gli sistemo il cellulare che periodicamente incasina. Possiedo una collezione piuttosto corposa di coltelli e coltellini di ogni foggia e forma, due sveglie da emporio cinese, qualche torcia.

Una volta non so chi mi ha regalato dello spray al peperoncino, «che non si sa mai», ma è una marca illegale, tant'è che potrei passare dei guai solo per il fatto di averla in tasca. Poi ho ricevuto una card da cui si estrae una lama, con la quale mi taglio solo guardandola, e una torcia che si trasforma in taser, che ho rispedito subito al mittente.

Per gli uomini, di notte, sarebbe davvero più semplice se fossi come loro, un maschio, ma, dato che così non è, ottimizzano i gesti gentili pensando alla mia sicurezza, senza tenere conto, però, del fatto che sono un'incapace con gli oggetti pericolosi.

Mi hanno addirittura regalato un coltello a farfalla, uno di quelli che, per aprirli, devi far roteare come un elicottero, col rischio di tagliarti due falangi. Ho ringraziato e archiviato all'istante, con il terrore di venire arrestata per detenzione di armi – che in mano mia diventano di distruzione di massa – durante i controlli notturni di una qualche pattuglia.

L'unico che ho davvero apprezzato è un Karambit, un

coltello abbastanza costoso, che tengo a casa insieme a uno sfollagente telescopico, al famoso spray al peperoncino e al coltello a farfalla. È una specie di santabarbara da survivalista, che in più alimenta le mie ossessioni.

Se fossi un'arma? Un coltello.

Se fossi un oggetto? Un coltello.

Se fossi un coltello? Facile. Sarcasmo.

Mestre

Mestre è la mia tana di Shelob, mi ci addentro con la consapevolezza che vi troverò le mie paure. Questo stranamente mi fa sentire al sicuro.

Devo smetterla di leggere troppa poesia, mi fa male.

Sono nata qui, e da adolescente provavo un'antipatia molesta verso Venezia. Mestre invece è sempre stata un'amica presente, la attraverso per andare a Marghera e nei fine settimana la ascolto respirare.

Col caldo è facile, le finestre aperte lasciano passare i suoni lontani. Prima che creassero il passante il rumore era sempre lo stesso, un brontolio pesante come quello di uno stomaco affamato. Arrivava dalla tangenziale, dove la coda non finiva mai. In particolare nei venerdì estivi, quando i camion dovevano necessariamente rientrare per non trascorrere il week-end in qualche autogrill. Era un suono sordo, costante, in cui al rombo dei camion, appunto, si sovrapponeva quello delle auto incolonnate verso Jesolo. Non esistevano bollini neri, rossi o verdi. Solo code. Ogni giorno. E ogni venerdì era tregenda. Solo chi pratica la Salerno-Reggio Calabria o il Grande Raccordo Anulare di Roma può capirmi.

Poi, nel 2009, hanno inaugurato il passante di Mestre. Era una domenica di febbraio. Il martedì successivo, quando mi sono immessa nella tangenziale, sembrava il giorno di Natale. La strada sgombra, vuota, da film postapocalittico. A un tratto tutto era scomparso: i camion, le code, i bulgari arrabbiati, le bestemmie dei mestrini.

Adesso, nelle notti in cui non lavoro, mi basta superare i rumori vicini, come la televisione accesa dell'inquilino accanto o gli stridii nel parcheggio sotto casa, per sentire, lontano, un cane che abbia, la sirena di un'auto.

Anche quando posso dormire, la mia sveglia interiore rimane impostata a mezzanotte e mezzo, e raramente riesco a concedermi un sonno lungo. Mi capita, così, di restare nel letto, al buio, ad ascoltare le tortore e le civette che chiacchierano fuori, e Mestre che, da lenta e sonnacchiosa che era, si riavvia all'improvviso con un rombo. È consolatorio.

Certo, non è una gran città. Offre molto e allo stesso tempo non offre niente. Dico spesso che la amo, perché è uno di quei posti che non ti regalano radici, ma che in compenso ti permettono di spaziare dal molto bello a un malinconico, patetico, brutto industriale, tipico dei dormitori. Esserci nata me la fa sentire sottopelle. E mi dispero per lei, per la sua disfatta, perché in fondo le città sono come le prostitute, le si usa finché possono dare, poi, lentamente, si abbandonano, e diventano periferie avvilite senza identità. Contenitori di tristezza e di bassa umanità.

Marco

L'aria è carica di umidità. Pioverà tra poco, me lo sento. Mi piace guidare con la pioggia e sentirmi al sicuro in questo utero meccanico. Un messaggio illumina lo schermo del cellulare: "Hai finito? Io tra poco stacco", poi una sfilza di emoticon di tutti i tipi. Marco ne fa un uso smodato, abitudine aberrante per un uomo della sua età.

Nel parcheggio ci sono tre camion. Uno ha la luce dell'abitacolo accesa. Un tizio pelato si sta preparando la cuccia. Guarda la mia auto distrattamente. La pioggia cade violenta. Ancora il cellulare. Sempre lui. "Arrivo", faccina che ride, faccina che manda un bacio a cuoricino, cuoricino, cuoricino.

La pioggia è ipnotica e provvidenziale. Nasconde l'abitacolo. Mi sfilo le mutandine e le infilo nella borsa. Apprezzerà, ne sono certa. Parcheggia abbastanza vicino da passare da un'auto all'altra senza bagnarsi troppo. Ma è solo un'illusione, l'acquazzone aumenta di intensità, rovesciandoglisi addosso.

Sale da me veloce e mi saluta con un bacio. Ha l'alito che odora vagamente di aglio e sigarette, e i suoi abiti puzzano di cane bagnato.

Continua con i baci, dei piccoli morsi; l'alito è penetrante. Prende la mia ritrosia come un invito a fare altro. Infila le mani sotto la gonna e mi accarezza.

«Fammela leccare» dice.

Meglio la fica che la bocca. È un attimo. Il cervello rettiliano fa sempre il proprio dovere quando si tratta di decidere come salvarsi.

Annuisco, allargo le gambe e lui si tuffa in una posizione innaturale. Sembra uno struzzo che nasconde la faccia tra le mie cosce. È avido, egoista.

La pioggia smette di cadere. Il camionista calvo guarda verso di noi. Ora mi vede, solo me, perché il mio amante è nascosto dal cruscotto.

«Annamo dietro...» dice lui, con la faccia ancora incollata alla mia fica.

Scendiamo per poi risalire dietro. Il camionista pelato

realizza: spettacolo gratis in prima fila. Dall'alto della cabina ha una visione privilegiata.

Marco si abbassa i pantaloni senza sfilarli, mi siedo su di lui dandogli la schiena. Entra in un solo colpo.

«Non venirmi dentro» sibilo, dando la guancia al bacio che vorrebbe arrivare alla bocca. L'alito è migliorato, ora sa di saliva, fica, aglio e cenere. Mi viene da ridere.

Mi muovo io sul suo cazzo.

«Me piaci tanto» dice.

Non rispondo. Fisso il camionista pelato che si masturba mostrandosi dal parabrezza del camion.

Il mio amante sta per venire. Per scansarmi, mi prende per la nuca e mi spinge in avanti. È un attimo. Godo. Gode anche lui, urlando.

Il camionista pelato si piega all'indietro come se l'avessero centrato con un colpo di pistola. Più probabilmente starà lordando la pelle del sedile.

Ci ricomponiamo in silenzio. Il mio amante si pulisce la faccia con una salvietta umidificata.

«Così fai peggio.»

«Perché?»

«Adesso profumi di malva e camomilla. La tua compagna non è stupida.»

Tenta di togliersi la colpa con la manica della maglia.

Riprende a piovere. È fortunato. Tra qualche istante puzzerà ancora di cane bagnato.

«Mi parli del dolore.» La voce del Carbonasso si sovrappone inopportuna.

La faccia di Anja dopo il pestaggio. Ecco il dolore.

Riprende a piovere.

Carbonasso.

Ogni tanto ci provo. Ma davvero è complicato.

Provo a comunicare col Carbonasso, cercando di instaurare un contatto umano, utile.

Anche perché i novanta euro di obolo a qualcosa dovranno pur servire.

«Come stiamo, Denis?»

Niente, non ce la fa a togliersi il plurale.

«Bene, dottore.»

«È di poche parole, oggi.»

«Dice?»

Apre il quaderno. Con una grafia elegante, femminile, scrive la data e il mio nome.

Bisogna ammettere che ha delle poltrone davvero comode. Accoglienti. L'altra, la dottoressa interessante, ha delle sedie dozzinali, scomode.

«Senta, Denis, ha voglia di dirmi cosa desidera veramente?»

Domanda a trabochetto? Che sia una delle sue solite uscite?

«In generale o qualcosa di specifico? In qualche settore, intendo...»

«In generale.»

«Penso che non desideriamo più.»

Ora è lui che sembra meditare. Non riesco a rilassarmi. Temo sempre che prima o dopo se ne esca con una delle sue porcate.

«Anche lei, Denis? Anche lei non desidera più?»

Guardo fuori dalla finestra. Quel magnifico albero ha perso quasi tutte le foglie.

«Anch'io.»

«Quanto è importante per lei il corpo, Denis?» riprende.

Sento il mio telefono vibrare nella borsa.

«Posso?» chiedo.
Annuisce.
È il carabiniere: "Quando ci vediamo?".
«Dunque? Quanto è importante per lei il corpo, Denis?»
«Il mio o quello degli altri?»
«Entrambi.»
«Quello degli altri non lo vedo.»
Il Carbonasso mi pianta gli occhi addosso.
«Il mio è un disastro.»
«Vede, le donne...» comincia.
«No, senta, non mi dica una delle sue frasi fatte. Sa che non ho bisogno della sua benevola approvazione.»
Chiude il quaderno con uno scatto.
«Sono perfettamente consapevole di come appaio» continuo senza prendere fiato, «e se vuole un consiglio, dottore, la smetta di usare il plurale. È estremamente fastidioso.»
Gli consegno due pezzi da cinquanta.
Questa cosa lo spiazza. Infila la mano in tasca in cerca del resto.
«Denis, lo sa, vero, che sta facendo progressi?»
Afferro i dieci euro ed esco.
L'aria fredda dell'autunno mi avvolge.
Piove.

Gentile Denis,
è da qualche giorno che la cerco al telefono. Se ritiene di non voler più proseguire i nostri incontri, è cortesemente invitata a comunicarmelo. Dopo due appuntamenti saltati senza preavviso, mi vedo costretto a occupare le prossime sedute con altre persone che attendono di entrare in terapia. Preferirei comunque parlarne con lei di persona. Se potesse chiamarmi gliene sarei grato.
D.B.

App – Alessandro

Nickname: AlexTheBest
Age: 32
Status: Single
12,25 km near...

"Mi rispondi?"

L'applicazione per incontri la apro sempre meno. Selli vorrebbe che la usassi per mantenere dei contatti, che mi liberassi del pessimismo cosmico che mi porto dentro. Non considera lo schifo che provo per questi personaggi.

Stanotte, mentre aspetto che mi diano le direttive per emettere delle bolle di accompagnamento, provo a dare un'occhiata.

AlexTheBest, già il nickname è tutto un programma. Come minimo sarà un omuncolo che si fotografa l'uccello dal basso, si mette in posa vicino ad auto costose come se fossero sue o, peggio, colleziona selfie con la bocca a culo di gallina.

Apro il profilo. Non bellissimo, anzi, abbastanza invisibile. Statura media, faccia tonda ma non grassa, il giudizio che meglio si addice alla sua persona è: bah. Però ha qualcosa nello sguardo. Fissa diretto la fotocamera. Gli occhi sono severi, seri, quelli di una persona davvero molto sicura di sé.

Torno ai messaggi. L'ultimo è di due settimane fa.

"Mi rispondi?"

"Ok, a che domanda?" chiedo al cursore lampeggiante del PC.

Vado a ritroso, per vedere se ci sono altre notifiche. Ne ritrovo sei di Andrea il tabagista e due di Nicola il palestrato. Poi, qualche ragazzetto troppo giovane per essere interessante, due neri che ho già bloccato, persino un cinese. Un cazzo di cinese che mi scrive. Vorrà pubblicizzare il suo Sushi-Wok.

Alla fine, eccolo qui, AlexTheBest.

Oggetto: "Solo una domanda. Sei davvero tu quella della foto?"

La finestra della chat si apre di scatto.

"Ci sei?" È lui. Nemmeno un saluto.

"Sì, mi sono appena collegata."

"Sei tu quella della foto?"

"No, è mia nonna da giovane."

"Dài, non scherzare."

"Ma ovvio che sono io. Chi dovrebbe essere?"

"E che ne so? C'è gente che prende foto dalla rete."

"Certo, e io metterei la foto di una così nel mio profilo? Se proprio devo rubare la faccia di un'altra, almeno che sia una superfiga."

"Be', dài, non sminuirti. Vero che non sei una modella, ma nemmeno una budrillona."

E che cos'è adesso una budrillona? Santo Google, aiutami tu.

"Sei sicuro che non lo sono?"

"La foto è bella. Sembri carina."

"Sembro..."

"Sì, dài... Sei."

"Bene, ora che hai la conferma che sono io, cosa ti cambia?"

"Qui è pieno di brutti trans che si fingono donne."

"*Le* trans sono donne. Non fingono."

"Se usi questo tono allora sei uno di loro."

"Se lo fossi?"

"Lo sei?"

"Non lo sono, ma se lo fossi?"

"Ti avrei già bloccata."

"Fallo. Non sono *una* trans, ma con tipi come te non ho niente da spartire."

"Ma dài, mica ti ho offesa."

"Sì. Mi offende che tu possa respirare il mio stesso ossigeno."

"Troia."

Rido. Apro con calma la galleria che l'applicazione mette a disposizione come cloud. C'è un tizio di Roma che mi ha mandato la foto del suo uccello. Per mostrarmi la dimensione lo ha appoggiato al case del suo computer e vicino ci ha messo un barattolo di schiuma da barba. Niente da dire, ha un piccolo estintore tra le gambe.

Salvo la foto eliminando il nick del tipo e la inoltro ad AlexTheBest. Didascalia: "Non fare lo schizzinoso, che chi disprezza compra". Appare la spunta della lettura. Vedo il cursore muoversi. Sorrido, pronta alla guerra, ma lui cambia idea e mi blocca. Mi ha bloccata. Il coglione mi ha bloccata!

Ho trovato il mio nuovo giocattolo: trollare gli idioti. Ma non qui dentro, qui sono troppo semplici e troppo squallidi. Fanculo la app.

La Psicologa

Dottoressa, ho cancellato la app. Non ne potevo più. Ha idea di cosa c'è? Di chi sono quelli? Dello schifo che fanno? Sono esseri abbietti, ignoranti. Segaioli. In più sono laidi, dentro e fuori. Ci ho provato. Ma se deve essere così, allora sto senza, allora sto da sola. È gente brutta. Forse non ho capito l'intenzione o lo scopo di tutto questo, forse ho frainteso. Ma non mi piace farmi usare, non da persone così, incapaci di vedere oltre i centimetri del proprio uccello. Ci ho provato, davvero. Ma non c'è niente. Sul serio non c'è niente. E mi fa sentire sola. Prima, prima di tutto questo, non mi sentivo così. Ma il niente che vedo acuisce questa sensazione. Io sono nata quando non c'era la rete. Mi sono innamorata pochissimo, è vero, ma è successo sempre fuori, partiva tutto da uno sguardo o dal caso. Forse sono davvero troppo vecchia per questa cazzata di trovare l'amore online con avatar che non esistono, sono troppo vecchia per parlare delle ore con persone che di vero non hanno nulla.

Sono uscita con il carabiniere. Si chiama Marco. Fuma, quando scrive è sgrammaticato, ha già una compagna. Attraente, sì, lo è. Ma non è sufficiente, non è abbastanza. Un uomo bello che fuma per me è repulsivo. Marco fuma tantissimo anche in mia presenza, ma non riesco a dirgli di no. Secondo Anja, è una sorta di autolesionismo, di autopunizione. Mi costringo a qualcosa che odio perché non sono capace di instaurare rapporti sani con gli altri, e dunque un po' mi accontento e un po', in modo masochista, mi costringo a stare con esseri che disprezzo, convinta di non meritare di meglio, che una grassona come me, al massimo può accontentarsi, come diceva l'ex di Selli. Non so che fare, dottoressa. Lei mi sprona a dare delle possibilità, Anja, invece, sostiene che sbaglio, che dovrei scegliere, essere selettiva, non dire di sì a tutti.

Tra le persone che ho conosciuto in rete e quelle reali, ovvio che vincono queste ultime.

Lo so che i tempi sono cambiati, e che io non sono esattamente l'emblema della donna che seduce, ma ho sempre la sensazione che sia un meccanismo innaturale, che non capisco.

Anja

Chi dice che i sentimenti non hanno odore, si sbaglia. E chissà che odore hanno le notti in cui le bulgare aspettano Anja per incassare o pestarla.

Certe notti puzzano lontano un chilometro. Non è la puzza della laguna e nemmeno quella di Marghera, con i suoi fumi tossici. L'odore mortifero però lo senti da subito, appena ti metti in strada. Lo so io, dopo cinque anni di questa vita; lo sa Anja, quando chiude la zip della minigonna in pelle; lo sa Antonio, mentre decide dove parcheggiare il suo food truck; lo sanno i miei colleghi, che s'ammazzano di sigarette prima di entrare nel capannone. L'odore di certe notti è quello della stanchezza, della frustrazione, della rabbia e, nel mio caso, del salso e della varechina.

E chissà che odore hanno le botte che Anja prende se non scende in strada.

Una notte di qualche tempo fa si era ammalata, la febbre non la faceva stare in piedi. Al Re questa cosa non era piaciuta e aveva mandato le sue esattrici dell'Est a lasciarle un messaggio. La notte successiva aveva metà della faccia tumida. Continuava a specchiarsi nella vetrinetta dei panini di Antonio, pettinandosi e tirando la frangia per coprirsi il più possibile. Però il livido era impressionante. Aveva l'occhio rosso e lo zigomo color melanzana. Si muoveva con cautela. Dovevano averla colpita anche nel fianco.

«Potevano evitare de prenderme la faccia...»

«Ti fa male?»

«Sì, meu amor.»

«Ma non puoi saltare? Non credo che ti caricheranno in tanti con una faccia così.»

«Amor, potresti rimanere sorpresa. L'importante è che funzioni questa!»

Aveva mimato con la lingua nella guancia il sesso orale.

«Finché la mia bocca ha ancora tutti i denti, vedrai che il lavoro non manca.»

«Anja, si vede lontano un chilometro che stai male. Ma possibile che...»

«Che nessuno abbia visto?» Aveva alzato le spalle. «Dài, certo che hanno visto. Ma frega a qualcuno?»

Si era infilata un paio di occhiali vistosi, molto grandi. Cercava di nascondere il danno, ma così attirava ancora di più l'attenzione sul viso.

«Anja, alle due di notte con gli occhiali da sole? Hai provato col cerone?»

«Ce devo andare piano col trucco. Lo sai che una puttana professionista non lascia tracce.»

Notte

Amo e odio la notte.

Quando le notti sono brutte, lo sono in modo profondo, tanto da sembrare tagli sulle mucose della bocca o della fica. Sangue vivo, lucente, che non si blocca mai.

Le notti belle invece passano veloci, hanno colori, suoni, voci. Sono anch'esse profonde, ma non lacerate come le altre.

Entrambe hanno una caratteristica strana, con l'alba diventano nostalgia, perché ciò che accade di notte, al buio, non è più la stessa cosa di giorno.

Ed è vero, le ombre di notte sono più strane, hanno forme più paurose, i suoni assumono sembianze di voci, suggeriscono scricchiolii di effrazioni. Di notte, però, la gente ti parla con un tono più tranquillo, e non è importante se sei prostituta, spazzino, pappone o spacciatore. Non importa se sei nero come la pece o biondo con i capelli rasati. Non importa proprio niente. La notte è ugualmente pericolosa per tutti, e rende stranamente solidali. Me ne accorgo sempre di più, a mano a mano che mi abituo a questi ritmi strani, a intessere relazioni che sanno di prezioso.

Il giorno è più razionale. Alcuni dei luoghi che frequento, come la Giudecca o le mostre d'arte, pensavo che mi avrebbero arricchito l'anima; pensavo che il bello mi avrebbe, nel tempo, saziata e riempita. Invece, è la notte che lo sta facendo. La musica trasmessa alla radio è meno commerciale, le strade sono quasi vuote e le facce che incontri sono sempre le stesse: i ragazzi dell'osteria che stanno pulendo prima di chiudere il locale; i gatti che si spiaggiano sui marciapiedi placidi; il ragazzo di colore con le cuffie che va o che torna da chissà dove.

Poi ci sono i rituali notturni: colazione alle cinque, consegne, bolle, e di nuovo in sala a eviscerare il pesce.

Stanotte è passato Yussef. Una sorpresa. Stava andando alla moschea che hanno aperto dentro un capannone poco distante da dove lavoro, ha riconosciuto la mia auto ed è entrato. Era in vena di chiacchiere. Mi ha parlato della moglie, Samira, che lo assilla con la gelosia, del fatto che lui si innamora e poi soffre e che dunque adesso si è messo in stand by. Mi parla con tranquillità, con dolcezza, dei figli che non dormono se non c'è lui. Si commuove. Però ancora non ho capito quanti sono questi figli.

Intanto, il mio conteggio è ancora parziale: otto indiani, due senegalesi, tredici moldavi e tre o forse quattro iraniani.

Yussef

Sua moglie ha partorito. Lui è scomparso, come da manuale. Non c'è stato niente oltre a qualche bacio, non mi deve niente. Ma perché fare così?

L'immagine del suo WhatsApp è una foto di lui, lei e tre bambini, di cui uno nel passeggino. Vorrei essere più indifferente alla cosa, non mi so spiegare perché invece mi turbi. Non è certo la sua famiglia, lo sapevo, né tantomeno dipende da lui o da una qualche possibilità che immaginavo per questo rapporto. E dunque?

«Ti sei per caso innamorata?» Selli ha un ghigno stampato sulle labbra. Le piace il fatto che in difficoltà stavolta ci sia io.

«No. Ci mancherebbe.»

«Dài, Deni. Una non ci sta così male se non prova niente.»

«Non ci sto male, è solo una sensazione... non so come spiegartela.»

«Tipo che sei gelosa?»

«Ancora. No. Come se avessi fame. Lo stomaco si contorce.»

«Gelosia.»

«E basta!»

«Deni è gelosa, Deni è gelosa...»

Non è gelosia. Ma allora cosa?

Selli e Max devono essersi rivisti. Ormai non conto più le volte. Selli è radiosa. Quando accade, i suoi monologhi sono abbastanza surreali. Parla solo di quanto è intelligente Max, di quanto è bello Max, di quanto è sexy Max, di quanto è divino Max. Scopa bene, veste bene, ma soprattutto ha un'opinione su qualsiasi cosa, ed è un'opinione insindacabile.

Stavolta non me ne parla. Peccato che la conosca da così tanto tempo da captare la presenza di un problema ancora prima che si verifichi. E i narcisisti come Max non sono un problema banale, ma una catastrofe emotiva. Mentre parliamo di Yussef, è distratta. Il suo cellulare vibra spesso. Lei fa un sorrisino soddisfatto, digita quella che immagino sia qualche emoticon, vista la velocità di risposta, e poi rimette il telefono nella borsa, per estrarlo di nuovo quaranta secondi dopo.

«Mi sembri divertita.»

«Oh, è la chat dei compagni di classe. Hanno fatto una battuta che mi ha fatto ridere.»

«Immagino. Qualcosa di porno, sicuramente.» Sorrido forzata, come se la cosa divertisse anche me.

«Sì, appunto.»

«Solo, non capisco.»

«Cosa?»

«No, niente di grave.»

«Non capisci cosa, Deni?»

«Non capisco perché i messaggi dei nostri ex compagni arrivino solo a te.»

Merda! Non lo dice, ma la sua faccia esprime esattamente il sentimento.

Carbonasso

Sprofondo sulla poltroncina davanti alla scrivania del Carbonasso. Rimaniamo in silenzio. Lui scrive sul suo quaderno, io osservo la boiserie alle sue spalle.

«Sono contento, Denis, che abbia cambiato idea.» Mi parla mentre sta ancora scrivendo.

«È presto per dirlo, dottore.»

«Stiamo sempre in difesa... Sta.»

«No, non sempre. E nemmeno ora, in tutta sincerità.»

«Perché la faccio arrabbiare?»

«Non mi fa arrabbiare.»

«Il suo atteggiamento dice tutt'altro. La indispongo.»

«Non so. Non credo dipenda da lei.»

«Lo sa, Denis, che le basi per un rapporto proficuo tra terapista e paziente sono la fiducia e l'accettazione di critiche utili a sistemare un possibile divario?»

Attende una mia reazione.

Non l'avrà.

«Anche il silenzio è una risposta. E mi sorprende questa sua volontà di farmi resistenza.»

Non è uno stupido. L'ho sottovalutato, ma lui ha ben chiaro chi ha davanti.

«Denis, se c'è qualcosa che non le va, se non si fida di me, vorrei che me lo dicesse. Questo mi permetterà di essere migliore, non solo con lei, ma anche con altri.»

«Non mi piacciono i suoi modi.»

«Bene. Finalmente mi parla.»

«Non mi piace il modo in cui mi tratta.»

«Qualcosa di specifico?»

«Non mi piace il plurale che usa, non mi piace la sua morbosità.»

«Sicura? Sicura che si tratta di qualcosa che faccio io?»

Un colpo di vento fa sbattere gli scuri. Entrambi guardiamo fuori dalla finestra.

Poi lui si scarta una caramella. Fa una cosa orribile: piega l'involucro come se fosse un fazzoletto. In quattro. Con l'unghia stira bene la piega, poi ancora. Orribile. Quest'uomo fa cose orribili.

«Sì.»

«Cosa, Denis? Cosa sì?»

«Lei fa delle cose che detesto.»

«Mi spieghi.»

«Lei fa cose che faccio anch'io.»

Ora è il Carbonasso che non sa cosa dire. O forse proprio non capisce cosa stia accadendo.

Antonio

Le mani di Antonio tremano un po'. Alzarsi tutte le notti pesa, e lui non è un ragazzino.

«Dovresti trovarte un aiuto.» Anche Anja prova tenerezza per il nostro amico. «Così potresti reposarte un pochino.»

Antonio annuisce, intanto prepara un panino per un camionista. Colazione dei campioni: salsiccia grigliata, cipolla e peperoni.

«Che bevi?» gli chiede. Il camionista osserva il frigo alle spalle di Antonio, poi indica una Ceres in bottiglia. Ha un accento dell'Est, bulgaro o rumeno.

L'odore atroce della salsiccia mi investe e ho un conato di vomito. Non mi spiego come la gente possa mangiare certa merda.

Anja ride della mia espressione schifata, mentre io tento di non farmi vedere dal camionista.

Antonio consegna il panino all'uomo, che raggiunge una panchetta e si siede.

La mia amica parla ad alta voce, cercando di attirare su di sé l'attenzione del potenziale cliente, il quale però sembra più interessato al panino che a lei.

«Lascialo in pace, Anja» le dice Antonio raggiungendoci di qua dal banco.

«Stasera c'è poca gente in giro» ribatte lei, stavolta in tono normale, senza urlare.

«Fa freddo. E poi minaccia pioggia.» Nella voce di Antonio c'è stanchezza.

In effetti il vento porta odore d'acqua. In lontananza, dalla laguna, sembra arrivare cattivo tempo.

«Mah...» Anja alza gli occhi verso la zona industriale e annusa l'aria. «Resto in strada ancora un'oretta, ma se non rimedio niente, me sa che provo in quel posto lì.» Indica un cartello di quelli luminosi, con scritto "Privé". «Almeno sto al caldo.»

«Se prende a piovere, chiudo anch'io. I camionisti dormono tutti e col cattivo tempo non faccio mai i numeri.»

«Quanto ti manca per sbaraccare?» chiedo.

«I vigili sono passati mezz'ora fa. Perciò, ho ancora un'ora e mezza prima di cambiare posto. Ma, appunto, se piove...»

«Certo che anche 'sta cosa di cambiare ogni due ore piazza...»

«Eh, Denis. Vedrai se non ripassano a controllare.»

«Speriamo che arrivi la pioggia.» Sia io che Antonio guardiamo Anja. «Almeno vai a casa, Antonio. Sei sfatto dalla stanchezza.»

«Anja ha ragione. Meglio se chiudi, per stasera.»

«Aspetto che il tipo finisca il panino» sospira Antonio, annuendo. «Poi, se non arriva nessuno, me ne vado a dormire.»

Prendo cinque euro e li infilo nella tasca anteriore del suo grembiule.

«Va bene... Vado a iniziare la nottata» annuncio. Chiudo il giaccone fino al collo. L'aria è davvero gelida.

«Vengo con te, mi molli al semaforo» dice Anja.

Lasciamo il nostro amico poggiato al suo furgone. Ci saluta con la mano.

Anja sale in auto e, come metto in moto, si punta addosso i bocchettoni dell'aria calda. È vestita troppo poco.

«Secondo te?» mi chiede.

«Secondo me non andrà a casa. Vedrai che si limita a spostarsi.»

«Infatti. Ma se dopo lo becco ancora a lavorare lo sgrido.»

«Dovresti anche tu smettere con questa vita, sai?»

«Certo, amor, e poi? Quelle come me mica fanno la segretaria.»

Lavoro

«'Na volta sì che Mestre géra bea...» Beppe chiacchiera con Michel. L'ivoriano ascolta con attenzione. Ha ancora qualche difficoltà a comprenderci, soprattutto se parliamo in dialetto o troppo velocemente.

Ascolto anch'io. Mi incuriosisce il fatto che il mio collega, a circa trent'anni, parli come uno di sessanta.

«Quando ghé géra Spaccio 5, in corso del Popolo» continua. Poi, rendendosi conto di avere parlato in dialetto, si corregge immediatamente: «Mestre era bella quando c'era un negozio che si chiamava Spaccio 5».

Non capisco bene cosa intenda: era più bella grazie al negozio o era più bella ai tempi dello Spaccio? I quasi quindici anni che ci separano sono un abisso. Me lo ricordo bene, quel negozio, l'unico in tutta la città dove trovavi la firma Robe di Kappa.

E nemmeno allora Mestre era bella, anzi, a pensarci bene, forse era anche più brutta. Beppe rivolta la seppia sul tavolo e, senza badare alla mia faccia perplessa, continua con il suo flusso di pensieri.

«Adesso zè il degrado. Zè pien de extracomunitari, i marocchini zè tutti in via Piave o al Candiani» borbotta.

All'improvviso sembra ricordarsi del povero Michel. Gli lancia uno sguardo colpevole.

«Certo che anche i giornalisti non sanno parlare d'altro.» Mi rivolgo a Beppe per smorzare un po' l'atmosfera, che si è fatta pesante.

Lui, stupito, alza gli occhi verso di me. È talmente raro sentirmi parlare quando stiamo attorno al tavolo dove puliamo le seppie che quasi scoppia a ridere.

«C'è stato il periodo esondazioni, gli esodati, poi il periodo bombe d'acqua... Come se gli acquazzoni non fossero mai esistiti» continuo.

Michel sembra rilassarsi e mi sorride.

«Adesso c'è l'emergenza profughi. I telegiornali, a forza di battere le notizie con le stesse parole le impongono alla gente, che però ne snatura il significato. Profugo allora diventa: "Persona sporca e violenta che viene qui e spaccia droga, molesta le donne, picchia"» concludo.

«Sai che non ci avevo mai fatto caso?» Beppe annuisce.

«Certo che a volte, però, anche loro sembra che ci si mettano d'impegno a farsi odiare.» Nella mia voce c'è un accenno di rimprovero.

Pasquale ha sulla faccia un sorrisetto malefico. «Dài, sappiamo che profugo significa el marocchin davanti alla Lidl che te domanda l'euro. Non ghe basta i schei che ghé démo.» Lo dice piano, facendo emergere dal fragore delle pompe quanto basta per farsi capire.

Com'è quel detto? Fai prima a metterglielo nel culo che nella testa. Come si spiega a chi sa a malapena leggere e crede che Facebook sia la verità assoluta che profugo e migrante sono la stessa cosa? Scappano entrambi, solo da due spettri differenti.

«A ti te piaze Mestre?» mi chiede Beppe, mentre con un gesto famigliare, tocca il gomito di Michel in segno di scusa per la battuta di prima.

Nel frastuono, fingo di non sentirlo. Non ho voglia, alle cinque del mattino, di mettermi a discutere, e poi ho esaurito la dose di parole da rivolgergli. Però, sì, Mestre mi piace; o meglio, mi fa tenerezza.

La Psicologa

Sa che forse ha ragione? È noto che i neri apprezzano le donne in carne. Forse è questo che me li fa guardare con sospetto. Li percepisco come i fat admirer o come i predatori di cui le raccontavo. Ma poi, chissà.

Nel frattempo, continuo a tenere il conto degli stranieri del mio circondario: otto indiani, due senegalesi, tredici moldavi e cinque iraniani. Ora è assodato che Yussef ha tre figli.

Continuo a fare quello che mi chiede. Provo a conoscere persone nuove, o comunque a dar loro una possibilità. Se mi butto senza pensare, come nella app suggerita da Selli, mi ritrovo in situazioni disperate e squallide; se invece ho margine di riflessione, chiudo e non mi avvicino. Comunque, credo che sia sbagliato. Sbagliate sia lei che Selli, mi costringete a fare una cosa che odio. Solo Anja prova a capire cosa mi succede. Ho quasi la sensazione che a nessuno importi se mi accade qualcosa. Anja è l'unica che si preoccupa per me, mentre voi due sembrate indifferenti. Da Selli me lo aspetto, ma da lei...

Non so. In generale, con le donne mi sento più al sicuro. Credo di capirle un po' di più, non importa se poi vengo smentita. E poi, noi donne non scegliamo mai qualcuno che non ci piace solo per sfogarci. Ci ha mai fatto caso? Le donne cercano o corteggiano chi le attrae, anche solo fisicamente, o chi sembra comprenderle. Mentre un uomo ha la capacità di stare con chiunque, basta che respiri.

Mi piacerebbe sapere cosa direbbe un analista uomo. Credo mi farebbe notare che parlo per luoghi comuni. Ma su, siamo sincere, di quanti maschi possiamo dire che non si scoperebbero anche un sasso se fosse tiepido?

A ogni modo, anche con le donne sono selettiva. Ho più o meno la stessa idiosincrasia che ho con gli uomini di colore. Non rida, la prego, per me è una paranoia bella e buona. Ho paura di puzzare io, ho paura che puzzino loro.

In un telefilm, il personaggio principale diceva che gli animali non si fidavano di lui perché non emanava alcun odore.

È una battuta che tutti trovano divertente. Io no.

Anja

«Se un uomo ha tradito una volta, tradirà ancora, e ancora.» Anja sembra in vena di uno dei suoi discorsetti da mamma preoccupata.

Yussef cerca costantemente pretesti per vedermi. Ora che la moglie ha sfornato il terzo erede e da bravo furbacchione è andato a Canossa, sembra non importargli che qualcuno possa vederci. Se non si preoccupa lui, perché dovrei preoccuparmi io?

«Dici?»

«Ah, meu amor, il tradimento funziona così: se lo fai una volta, poi continuerai a farlo.»

«Non pensi che il tradimento sia la conclusione di un rapporto?»

«Amor, questo è quello che ce raccontiamo.»

«Non capisco, sai?»

«Non capisci perché sei single e perché sei donna. Ma, amor, passato il primo momento, dove tutto è bello, il traditore comincia a smaniare. Vuole l'emozione.»

«Che niente ha a che fare con l'amore» concludo.

«Esatto. Niente di niente. Il traditore si diverte a flirtare, a conquistare, e spesso anche a scopare» continua la mia amica, ridendo di gusto, «ma non è il fine ultimo, Denise. Al traditore interessano l'eccitazione, il desiderio. *O potencial*.»

Non credo di afferrare. Mi lascia con questa cosa nella testa. Un traditore lo è davvero per sempre? E dunque se io mi innamoro di un uomo che ha una moglie e la tradisce, devo pensare che prima o poi tradirà anche me? Lo trovo inquietante e desolante allo stesso tempo.

Oltre al fatto che, nel momento in cui mi inoltro in questo nuovo tunnel mentale senza uscita, realizzo che io stessa sono una traditrice. Ho tradito Anna. Certo, non la considero una compagna a tutti gli effetti, ma mentre sto con lei vedo degli uomini, o almeno ci provo.

Yussef ha già tradito la moglie, in precedenza?

I pensieri mi si accavallano in testa in modo violento. Guardo Anja salire su una Mercedes nera. Alla guida, un uomo magrissimo, alto, con la faccia da avvoltoio.

«Fa' attenzione.» Lo dico al cruscotto della mia auto.

Lei è andata, con un sorriso da vamp stampato sul viso.

Nonostante tutto, preferisco il mio, di lavoro. Fare la puttana non rientra nelle mansioni che sarei in grado di svolgere.

Probabilmente sarei pessima, anche in quello.

Antonio

«Quando Anja manca per troppo tempo, mi preoccupo.»

Antonio continua a guardare in direzione del cavalcavia di Marghera.

«Anch'io. Sei sicuro che non sia con qualche cliente?»

«Sicuro. Sono tre giorni che non viene in strada. Ho provato a chiamarla, ma non risponde. Quando fa così...»

«Quando fa così, le ha prese» concludo io la frase per lui.

La faccia di Antonio pare di marmo. La luce bianca delle lampadine al neon lo fa sembrare malaticcio. Di solito ha la battuta facile, ma stanotte non gli riesce. A un tratto, un sorriso spacca la superficie del suo viso. Mi volto nella direzione del suo sguardo e in lontananza vedo Anja che arriva a passo spedito. Antonio si alza, liscia il grembiule da oste della Guinness e si dirige dietro il bancone del camion.

«Ma te non lavori mai, amor?» mi investe la mia amica.

«Ciao anche a te, Anja. Tra poco comincio. Sei tu in ritardo» rispondo un po' piccata.

«Antonio, me porti dell'acqua?»

«Solo acqua, Anja? Un caffè?»

«Me vuoi vedere morta? La tua cicoria va bene per le negre, non per me.»

Antonio prepara un vassoio con l'acqua per lei, una bottiglietta di tè per me e un caffè per lui. Poi si siede al mio fianco, proprio di fronte a lei.

«Senti, signorina.» È la prima volta che le parla così. Ha l'espressione seria e gli occhi puntati dritti su Anja, che a sua volta non osa abbassare i suoi. «Senti un po', quando qualcuno ti chiama, tu rispondi, hai capito?»

Anja apre la bocca, ma emette solo un suono strozzato.

Antonio abbassa un istante lo sguardo e versa l'acqua in un bicchiere di plastica. Poi riprende: «Non ci sono scuse, non hai scuse. Se ti chiamo, tu rispondi. Se Denis ti chiama, tu rispondi. Fine. Se non lo fai, scordati di passare qui».

Anja non ribatte, cosa che mi lascia perplessa. Si limita ad annuire e a bere l'acqua che Antonio le ha messo davanti. Lui si alza dalla panca, portando con sé il vassoio.

«Non avevo mai visto Antonio arrabbiato» dico, più per rompere il silenzio che per fare conversazione.

«Ha ragione.»

«Ma che è successo?»

«Ha paura che mi capiti qualcosa. Come a Faith.» Nel pronunciare quel nome, un colpetto di tosse nervosa le esce dalla gola.

Faith. Il file di quella storiaccia mi si apre davanti all'improvviso. Sono passati quanti anni? Cinque? Sei?

«Anja, tu conoscevi Faith?»

Fa cenno di no, poi la sua voce diventa quella di Angel. «Ero in Italia da poco quando è accaduto.»

Io me lo ricordo benissimo. I giornali ne hanno parlato molto. Persino quelli nazionali.

«Siamo immondizia che cammina.» Anja si alza e si dirige verso il parcheggio dei camion. Neanche un ciao.

Marghera

Pippo, Pluto e Paperino. Venezia, Mestre e Marghera. Cos'hanno in comune? A parte il *ghesboro*, detto rigorosamente tutto attaccato, lo Spritz al Select e la puzza di freschìn, c'è poco che le accomuna.

Venezia è quello che è: snob, razzista, presuntuosa, classista. Potrei andare avanti per ore a trovare solo aggettivi negativi per definirla. Venezia sta bene solo con i suoi veneziani, esseruncoli livorosi e pieni di sé.

Poi c'è Mestre, la venduta ai centri commerciali, che soffre di bovarismo e tenta di affrancarsi dalla grande città che la tratta da serva, da appendice inutile. Mestre, il dormitorio. Perché si sa che a Mestre ci vivono gli operai di Marghera, mentre i veneziani tradotti in terraferma restano comunque veneziani; anzi, ci tengono a sottolinearlo, tipo: "Noi siamo veneziani e voi non siete un cazzo". Dipendesse da me, il ponte lo farei brillare, giusto per vedere l'effetto che fa.

Da ultimo, c'è Marghera, quella che, alla fine della fiera, se ne sbatte bellamente. Si fregia dell'altisonante definizione di "Città giardino", e in effetti per essere verde lo è. Tanto, che gli alberi e il suolo siano inquinati da ogni genere di prodotto chimico, o che nel tempo i suoi residenti si siano respirati ogni sorta di veleno, mica è un problema. E poi, vuoi mettere? Ci sono il petrolchimico, le fabbriche, le lotte operaie, il cantiere navale. Un po' di storia, di quella importante, Marghera ce l'ha, storia legata al Vajont, alla coppa Volpi, a quel mar che ghe gera.

Marghera ha voglia di farcela, e ce la fa. Cerca di cambiare, abbatte, costruisce, tenta di essere qualcosa. Solo che sposta le rogne un po' più in là: e se prima si parlava di Ca' Emiliani, della Cita, della Rana e delle Vaschette, adesso si nominano via della Pila, il sottopasso della stazione o via del Bosco. Quando citi queste zone, la gente annuisce, sa. Come sa dei casermoni di Campalto e della Bissuola, del Parco Albanese, di via Piave e della Gazzera. Mappe che cambiano in continuazione. Fanno una retata alla stazione? Tutti a Marghera. Arrestano in via Asseggiano? Tutti a via del Bosco. E così di seguito. Sono vasi comunicanti che non si svuotano mai. Il male ha la caratteristica di sciamare: sciamano lo spaccio, la prostituzione, i *villains* di una storia che si racconta ovunque e che non risparmia certo questo buco di culo del Nordest.

Selli

"Deve essere figo fare il tuo lavoro. Chissà quanto pesce mangi."

Ogni volta che mi sento ripetere questa frase, mi ricordo che su Amazon vendono delle mazze chiodate. All'inizio, rispondevo con un laconico: "Eh, come no, peccato che sono vegana". Adesso sorrido, annuisco e con garbo fanculizzo. In fondo, alla gente non importa cosa faccio né, tantomeno, cosa mangio.

«Non ti senti un'ipocrita?» La vocetta che Selli usa quando vuole apparire soave è deliziosa quanto un trapano per cemento.

«Ipocrita? Perché?»

«Ti dichiari vegana, ma il tuo stipendio è pagato dalla morte del povero pescetto.»

Chissà quanto costano le mazze chiodate.

L'operazione di forare le piovre spetta a me, e mentre lo faccio mi sembra di forare tante testoline calve di bambola, come quelle dei Cicciobello. Mi angoscia, la trovo una violenza alla quale non riesco a sottrarmi. Certo, i tonni del Mediterraneo, i delfini, i grandi cetacei, tutti hanno pari importanza. Ma le piovre sono animali straordinari. Intelligenti, eleganti, sinuose nelle movenze, fluttuanti. Perfette macchine da guerra, capaci di nascondersi in un buco piccolissimo.

«Dunque? Non ti senti un'ipocrita?» Selli rilancia, con un sorrisino malefico.

«No, non direi. È un lavoro che posso fare solo io.»

«Perché? È così particolare e interessante? Serve una specializzazione?» La mia amica calca sulle parole con intenti cattivi. Ama l'idea di essere la mia coscienza, dimenticandosi, però, che potrebbe finire spiaccicata su una mensola, come certi insetti fastidiosi.

Respiro. Penso ai vasconi con le piovre.

«No, affatto. È un lavoro a prova di stupidi.»

«E dunque? Perché solo tu?»

«Perché io le rispetto.»

Anja

La storia di Faith non mi dà pace. Ci penso in continuazione da quando Anja me l'ha ricordata. Se prima temevo per lei, ora sono terrorizzata.

Lei, dal canto suo, sembra rassegnata al fatto che ogni tanto qualcosa possa andare storto, tipo un calo di lavoro, la pioggia o un'influenza, e che il Re di conseguenza le mandi un avviso tramite le sue galoppine dell'Est.

Basta che la vedano indugiare per un caffè o metterci qualche istante in più a ripulirsi dall'ultima prestazione che il messaggio arriva forte e chiaro.

«Ma non è stupido danneggiare la merce, Anja?»

Lei mi sorride con cautela. Due giorni fa ha ricevuto la visita delle bulgare che, a sentir loro, non erano contente per il tempo impiegato da Anja a rassettarsi dopo la marchetta.

Stavolta non ha lividi in faccia, ma qualche schiaffo deve averlo preso perché parla con la bocca sghemba, come se avesse mal di denti.

«Te hai ragione, meu amor. Ma che vuoi farci? Secondo loro siamo delle stupide che non capiscono niente.»

Tiene una mano sul fianco per proteggerlo e cammina lentamente. Non appena arriva al marciapiede, con un colpo di reni si raddrizza e il sorriso si fa più largo, ma la mano la tiene ancora sul costato.

La guardo esibirsi. Osservo anche le altre e la loro messa in scena.

Antonio ha finito di servire due clienti cingalesi. Incassa i soldi, prende una birra per sé e mi raggiunge.

«Che hai? Sembri preoccupata.»

«Lo sono. Questo fatto che ogni tanto la pestino mi fa paura.»

«A me fa molta pena. Tu vedi lei, ma questa sorte tocca a tutte quelle che battono qui.»

«Ma di questo fantomatico Re, nessuno che se ne occupi?»

«Denis, sei un'ingenua. Quando ne scompare uno, ne appare subito un altro. All'inizio della via sono papponi dell'Est, qui c'è il Re, e chissà quanti altri stanno più in là. Marghera è grande e fa gola a molti.» Antonio parla pacato. Quando alza la mano per bere, vedo che le dita tremano. I nostri occhi si incontrano. Mi fissa per qualche istante e poi posa la birra, quasi vergognandosi di quel tremore.

«Mi chiedo solo dove sono tutti questi "imprenditori" quando si tratta di proteggere le ragazze» domando.

Antonio fa un'alzata di spalle: «Ma figurati, via una e ce n'è pronta un'altra dozzina. Un continuo ricambio».

Eppure... Eppure è successo che le puttane si siano rifiutate di scendere in strada. Quando morì Faith, per esempio. Era la notte del 3 aprile 2011, una famiglia di Marghera la trovò agonizzante nel piccolo parco di via Pasini. Un cliente l'aveva fatta salire su un furgone, l'aveva portata via, l'aveva torturata, le aveva maciullato i genitali, l'aveva riempita d'acqua e poi l'aveva lanciata fuori dall'abitacolo. Un colpo alla testa, un edema cerebrale e dopo tre giorni la ragazza era morta. Aveva ventidue anni, troppo pochi per potersi difendere dalla vita e da quei predatori.

Si dice che l'adescatore fosse uno, ma a seviziarla dovevano essere almeno in due. Qualcuno sostenne che erano persone dell'Est, altri sussurrarono che si trattava di italiani, "nostrani". Intanto, il tempo è passato e di Faith Abovo di Benin City nessuno si interessa più. Ma all'epoca ne parlarono a "Chi l'ha visto" e persino su "L'Espresso". Sento la nausea salire. Vorrei restare a parlare con Antonio, ma per lui è ora di spostare il truck e per me di andare al lavoro.

Anna

Litigata furibonda con Anna. Rosa, la Veneterrona del piano di sotto, deve averle raccontato qualcosa, anche se non ho idea di cosa. Ho trovato sul suo iPad un clone del mio WhatsApp. Si è letta buona parte dei miei scambi con Selli, con il carabiniere e con i tizi della app. Ho visto in lei qualcosa che prima mi era sfuggito, gelosia mista a rabbia, a possesso, ad aggressività. Ha tentato di picchiarmi. La sovrasto di molto, sia in altezza che in massa, così mi è bastato bloccarle le mani.

Ha detto delle cose e, tra le tante, che le faccio schifo, che la disgusto, che sono squallida. Non mi ha fatto male, non ci è riuscita.

Poi mi ha vomitato in faccia: «Sei esattamente come le persone che frequenti. Sporca. Una puttana».

«Vattene, Anna.»

Il mio tono era calmo. Niente rabbia, niente aggressività. Dentro di me però, un unico pensiero. Tagliarla, aprirla come aveva fatto Gino con le anguille. Sfilarle la pelle partendo dai piedi. Vederla nuda, muscoli esposti, visceri, scheletro.

«Vattene, Anna. Adesso.»

Yussef

Yussef è passato per un saluto, andando alla Moschea. Va a pregare prima di attaccare a lavorare.

Il muezzin è meglio di una sveglia: per Fajr, la prima preghiera del mattino, comincia il suo lamento alle sei circa. Il capannone industriale proprio di fronte al mio si riempie di tutti i musulmani della zona, e inizia l'onda. Le litanie sembrano una marea che si rinfrange sulla strada. Yussef, alle cinque e mezzo, arriva con una brioche vegana e un cappuccino di soia per me. Pasquale il razzista muove le labbra, parlando da solo. Sta sicuramente criticando me e insultando lui. Yussef è troppo signore per farsi coinvolgere.

«È un poveretto» gli dico, quasi a giustificarlo. «Lascialo stare.»

«Lo so. Non è un problema.»

«Lo è per me, Yussef.»

«Bello.»

«Cosa?»

«La tua voce che dice il mio nome. Bello.»

Ha occhi stupendi, accesi da un sorriso sincero. Nonostante siano scuri di colore, appaiono quasi grigi. Il viso da re assiro è davvero notevole. Mi ricorda un attore indiano di quando ero piccola, quello che faceva Sandokan. Era indiano, non persiano, ma la fierezza dei tratti è la stessa.

«Ora, Denis, devo andare, tra poco inizia.»

La voce del muezzin comincia a modulare la sua cantilena.

«Buona preghiera, o quello che si dice in questi casi...»

«Senti, ti va se un pomeriggio ci vediamo per un tè?»

«Va bene. Quando puoi, tu?»
«Domani?»
«Appena mi sveglio ti mando un messaggio.»

Anja

«Sono gelosa, amor.»

«Di che?»

«Che vedi l'extracomunitario.»

«Anja, faccio presente che lo sei anche tu.»

«Ma io sono brasiliana, ho sangue portoghese, sono quasi tua sorella.»

«Scema.»

«Sì, sì, scema, ma sono gelosa comunque. E anche Angel lo è.»

Come dice questa frase, sento la bocca dello stomaco contrarsi.

Ci siamo fermate da Antonio. Lei in pausa per un caffè, io per una bottiglia d'acqua.

«Antonio, certo che il tuo caffè è schifoso. Non se può migliorare?»

«Non posso che darle ragione, Anto'» intervengo, dandole manforte. «Davvero non ti puoi lamentare di noi che, nonostante tutto, preferiamo venire da te a berlo.»

«Infatti, Denis, tu ti sei presa l'acqua» risponde lui.

«Certo, mica sono così pazza da farmi avvelenare.»

«Sa de ristorante cinese.» Le sentenze di Anja sono comiche. Usa sempre queste similitudini che mi fanno schiantare.

«Bota zo' e magna, quel cun stroza l'ingrasa!»

«Antonio, amor, sono io la straniera. No te capisco...»

Visti da fuori, siamo strani, tanto. Un romagnolo di oltre sessant'anni, una transessuale brasiliana di trenta e una veneziana di quarantacinque prima dell'alba a mescolare dialetti e amicizia.

In questi momenti, comprendo che Anja riesce a tirarmi fuori dal silenzio che mi porto dentro. Anche Antonio le vuole bene, la tratta con un rispetto e una gentilezza non scontati, soprattutto in strada, dove le puttane sono merce, quarti di bue da spolpare prima di essere risputate sul marciapiede come si farebbe con un pasto indigesto, e i pappa fanno paura, Anja lo sente. In fondo questo vecchio romagnolo è un padre burbero trovato per caso.

«A Natale siete ospiti da me! Ci state? Cucino io!» Anja si entusiasma solo al pensiero.

«Anastasìa, non contare su di me. Se dico a mia moglie una cosa simile, mena me e anche te.» Lei annuisce. Non si sorprende, né si offende. La consapevolezza della propria condizione è encomiabile. Non ho mai visto nessuno centrato quanto lei. Non si vergogna, non si sente manchevole o diversa. Ha uno sguardo diretto e sincero. Non nasconde nessun sentimento, né lo altera. Ma forse sono io che la vedo così, piena di quelle doti che trovo assenti in me.

«Comprendo. Ma tu, Denise, você não pode dire di no.»

Ecco. Il verbo "comprendo" in bocca a persone come Anja assume un significato più autentico. Non lo usa tanto per dire. Lei comprende veramente. Forse dipende dalla vita in strada, dagli uomini che incontra, da quello che si dicono nell'intimo dell'abitacolo; o forse dipende dal fatto che lei viene dal sole, è latina.

Comprende Antonio. Comprende sua moglie. Comprende anche me, le mie insicurezze, la mia rabbia, e non ci prova nemmeno a placarla.

Dottoressa, sono uscita con Yussef. Lui è davvero carino. Occhi chiari, anche se nocciola; gli occhi che di solito hanno le donne spagnole o mediorientali, liquidi. Ma poi, che significa avere occhi liquidi? Questa definizione la lessi in un articolo, mi colpì molto e pensai che, come metafora, rendesse perfettamente l'idea. Credo che anche lui li abbia, pur essendo uomo. Anzi, le dirò, è un metrosexual: sopracciglia più curate delle mie, bracciali, look ricercato. Di solito i mediorientali, anche quando sono tirati all'europea, mantengono un aspetto esotico. Lui, invece, sembra altro. Forse perché i persiani sono indoeuropei. Se lo vedesse, ha la pelle bianchissima. Non somiglia a un marocchino, o a un algerino; forse a un greco, o a uno spagnolo.

«Sei stato anche oggi in moschea?» gli ho chiesto, per rompere un po' il ghiaccio.

«No. Ci vado ogni tanto. Ma da quando ho scoperto che lavori lì vicino ci vado più spesso.»

«Come sta il piccolino?»

«Bene.»

«Solo bene? Hai appena avuto il terzo figlio e sei così tiepido?»

«Storia lunga. Ti racconterò.»

Mi sono sentita a disagio. Mi sono chiesta cosa ci facessi in quel caffè con un uomo sposato, che ha appena avuto un figlio. Mi è sembrato sbagliato. Sbagliata io, ma ancora più sbagliato lui. Finito di prendere il caffè, siamo usciti e mi ha accompagnata all'auto. Mi ha baciata. Prima con dolcezza, un bacio a stampo, poi con una certa urgenza. Aveva la bocca che sapeva di buono, di caffè misto a un sapore più dolce.

Ci siamo baciati a lungo. Nel mentre, ho pensato che usasse troppa saliva.

«Andiamo in un posto tranquillo?» ha chiesto. Ma la vera domanda era: "Andiamo da te?".

Sa, dottoressa, quelli sono gli istanti in cui puoi scegliere di fare la cosa giusta, e io, come sempre, ho fatto la cosa sbagliata. Pensavo a quello che Anja mi aveva detto, che un traditore, se lo è una volta, lo è per sempre. Il mio cuore, il mio stomaco, tutto fermo. Non provavo niente. Tutta quell'aspettativa, la sensazione strana che avevo nei giorni in cui era scomparso, tutto svanito. Avrei voluto provare qualcosa. Ma niente. Silenzio. E questo mi ha portata a fare la cosa sbagliata, perché, lo sa meglio di me, gli scrupoli, il senso di colpa, la paura o l'amore sono sensazioni. Ma se non provi niente, una cosa vale l'altra. Prendi solo quello che c'è. E in quel momento, c'era solo quello. Un corpo da usare.

Nel circondario, da qualche tempo, ho notato l'arrivo di una famiglia cinese. Ora ci sono: otto indiani, due senegalesi, tredici moldavi, cinque iraniani, tre cinesi.

Anna

"Possiamo parlare?"

Messaggio vocale. Se esiste un Dio della tecnologia, spero che fulmini sei volte chi ha inventato il messaggio vocale.

Quarantacinque secondi dopo.

"Ti prego Denis, parliamo." La voce lacrimosa di Anna.

Una boccata di acido gastrico. Stesso sapore. Stesso odore.

Un minuto e mezzo dopo.

"Denis, scusami. Ho sbagliato. Parliamo?"

Tre minuti dopo.

"Amore, non fare così."

Ventotto secondi dopo.

"Hai ascoltato, Denis. Ti prego."

Sette secondi dopo.

"Dài, non fare la stronza."

Cinquantasei secondi dopo.

"Che puttana. Ascolti e non rispondi, ti credevo migliore di così."

Sedici minuti dopo.

"Dài, amore. Scusa. Non volevo. Sono una stupida. Ti amo, Denis. Rispondi. Sono Anna."

Cinque minuti dopo.

"Denis, ci sei?"

Trenta secondi dopo.

"Denis..."

Un'ora dopo.

"Questo è l'ultimo. Dopo non ti disturbo più. Volevo solo sapere come stai. Parlare... Denis, non c'è niente di male a parlare un po'. Dimmi almeno come stai tu."

Tre ore dopo.

"Nemmeno ti interessa di come sto io? Di merda! Ecco come sto. E tu non ti degni di rispondere neanche a uno dei miei messaggi. Hanno ragione tutti a dire che sei cattiva. Una vera cagna."

Due giorni dopo.

"Denis... Ti prego."

Selli

«Sia Marco che Yussef danno per scontato il mio essere disponibile.»

«Deni, sono uomini. Pensi che sia perché gli piaci?»

«Ma che ne so io? Che cosa cambia?»

«Senza nulla togliere a te, la verità, Deni, è che sei un piatto esotico. Sei morbida, tatuata, alternativa. Yussef non lo conosco, non mi esprimo, ma per Marco non sei certo un sentimento.»

«In che senso?»

«Sei perfetta. Non chiedi niente, sei disposta ad ascoltare le palle su sua moglie e i figli, non lo giudichi. C'è un termine, ma se te lo dico, probabilmente lo trovi offensivo.»

«Dài, Selli, poche storie.» So che freme per dirmelo.

«Sei uno sfogatoio. Ecco, l'ho detto.» Non trattiene un risolino soddisfatto.

Uno sfogatoio. Un'altra parola che mi fa abbastanza orrore. Una questione di suoni, di significato e della sentenza che Selli emette nel parlare di Marco e Yussef.

In più, c'è questa sensazione. L'idea che lei abbia ragione. Certo, non lo ammetterò mai, ma so che non sbaglia di tanto nel giudicarli. Lei crede di offendermi, dicendo che mi ritengono un contenitore.

Selli prende il mio silenzio come un colpo andato a segno. A questo punto ho due possibilità: assestarle un gancio tirando in ballo il buon Max, o lasciarla sbrodolare per la vittoria che ritiene di essersi portata a casa. La mia espressione deve intimorirla, perché si affretta a chiedermi a cosa penso.

«Niente, non penso a niente.» Mentre lo dico, sorrido. Vedo la perplessità nei suoi occhi. Mi teme. Fa bene ad avere paura di me.

Anja/Angel

Lentamente, il rapporto tra me Anja è cambiato, e di conseguenza anche quello con Angel. Non si fa più problemi a mescolare le sue identità quando siamo da sole. La distinzione netta tra le due personalità va assottigliandosi.

«Credo che Angel si sia innamorato di te.»

Penso sia la più bella delle dichiarazioni che un essere umano mi abbia mai fatto. Nel buio dell'abitacolo sorrido. Anja guarda dritto avanti a sé.

«Non dici niente, amor?»

«Non so che dire, Anja.»

«Ha sorpreso anche me, amor. Ma sono strassecura che te vuol bene.»

La bacio sulla guancia.

«Ma oggi hai messo il profumo?» tento maldestramente di sviare il discorso.

«Ho capito.» Anja ride al buio. «Sei una di quelle che non risponde mai "anch'io" quando le dicono che la amano».

Anna

«Denis.» Anna mi aspetta sotto casa. Fa freddo, stanotte siamo andati di nuovo sotto lo zero, l'acqua mi si gelava addosso.

Non ho voglia di discutere. Ho la testa piena di cose da fare, la casa che è un letamaio, io che mi sento esausta. Sono circa dodici ore che giro tra capannone, consegne, pratiche d'ufficio. Mi fanno male le mani. Ecco. Le mani mi fanno malissimo. E Anna adesso cosa vuole?

«Denis» ripete.

«Conosco il mio nome. Che altro sei capace di dire?»

«Perché fai così?»

Alzo gli occhi e vedo la Veneterrona che ci guarda dalla finestra della camera da letto che affaccia sul parcheggio. Socchiude persino le ante.

«Faccio cosa? Sono stanca, Anna.»

«Sei arrabbiata. Lo so. Ma non si chiude una storia per cose tanto banali.»

«Una storia si chiude quando la scelta che rimane è una sola: sopravvivere.»

«Ma che dici? Ma perché?»

«Vivere con te non è vivere, è accontentarsi. Raggiungere bolle di ossigeno per non annegare. Sopravvivere, appunto. E la sopravvivenza non è sufficiente per portare avanti una storia.»

«Terribile quello che mi stai dicendo.»

«Anna, non è sbagliato amare. Ma è sbagliato pretendere amore. L'elemosina.»

«Ma se io elemosino significa che tu non mi dai.»

«No, Anna. Significa che quello che do non ti basta.»

Il silenzio è denso. La Veneterrona si sporge quasi sul davanzale, cercando di sentire cosa ci stiamo dicendo. Magari tifa per Anna. Ne sono quasi certa.

«Possiamo riprovare?» chiede. Cerca il contatto fisico, sfiorandomi il braccio.

«Possiamo riprovare da amiche» mento.

«Amiche ne ho tante, non è questo quello che voglio da te.»

«Hai già la risposta, allora.»

Anna sembra affranta. Si volta, va verso la sua auto parcheggiata fuori dal cancello.

Mi dirigo verso l'ingresso del palazzo. La Veneterrona è ancora lì che fissa.

«Ho parlato a voce troppo bassa, Rosa? Vuoi un riassunto?»

Lei chiude in fretta la finestra, risentita per l'attacco.

Le sorrido amabile, mentre tra i denti, sibilo un «Vaffanculo, stronza» liberatorio.

Yussef

In casa mia, finge interesse per una stampa dell'Ikea. Un pescatore cinese in piedi su una specie di canoa. Che è nervoso si vede bene. Contrae ritmicamente i muscoli delle cosce come fanno i body-builder durante le gare.

«Vuoi qualcosa da bere?»

«Acqua o tè freddo, se ne hai.»

Mentre prendo da bere lui tossicchia e continua a fissare il quadro, nemmeno fosse un Rembrandt.

Gli porgo il bicchiere. Lo svuota in un istante. Vedo l'anello che porta al dito medio della mano sinistra. Niente fede. Ha solo questo anello con una pietra nera quadrata, simile a un piccolo monolite. Ai lati, l'effigie di Ahura Mazda impressa in rilievo.

Viene in cucina. Mentre sciacquo il bicchiere, si avvicina, aderisce col suo corpo al mio. Il gesto è intimo, più dei baci che ci siamo scambiati fino a ora. Mi sfiora il collo, dietro l'orecchio, mentre le mani sono posate sulla mia pancia, ed è questo il contatto più forte e intenso. La pancia, che per una ex obesa è zona intoccabile. Lui non le muove, tiene solo i palmi appoggiati, ma sembra fondersi con il mio addome. Nessuna erezione tra noi due, nessuna sensazione pornografica. È la danza di due serpenti che si attorcigliano. Nel nostro rimanere immobili, cerchiamo di leggerci il corpo a vicenda.

Lo prendo per mano e andiamo in camera. Mi segue docile, senza parlare. Ancora vestiti, ci sdraiamo sul letto. Mi sembra tutto così composto, senza passione.

Non era così che me lo immaginavo. Pensavo sarebbe stato più violento, ardente. Invece è di una lentezza e di una dolcezza che rasentano lo stucchevole di certi film d'amore francesi. Vorrei provare qualcosa. Un'emozione qualsiasi. Ci osservo da fuori, come estranea ai fatti. Due corpi composti che si baciano, sdraiati su un letto.

Sento il cellulare che vibra. Una parte del mio cervello cerca di indovinare chi sarà. Anna? Selli? Marco? Chi?

Yussef si toglie la maglia. Sotto è nudo. Il corpo è martoriato di cicatrici.

Legge la mia domanda muta.

«Combattevo in montagna. Come dite qui? Partigiano.»

Parla con voce monotonale. Dice solo questo. Il suo torace e i suoi fianchi mostrano fori di proiettili e cicatrici lunghe, mal ricucite.

Si sfila i pantaloni, anche le gambe hanno sofferto qualche scontro di troppo.

Torna sul letto, accanto a me. Tocco quelle catene montuose con le dita. Lui sta in silenzio, guarda solo le mie mani che lo accarezzano. Poi, mi avvicino con la bocca e inizio a leccare ogni singola cicatrice.

Click. Ora sento. Sento tutto. Sento qualsiasi cosa, chiaramente. Sento tutto il suo male, sento il male del mondo. Sento che adesso devo scoparlo. Sento che lui deve scopare me. Sento che, per un istante, ha bisogno della mia pelle martoriata, per non pensare alla propria, di pelle martoriata. Sul mio letto siamo stracci di pelle assemblata a caso, entrambi feriti a morte. Entrambi bisognosi di guarire.

Marco

L'incipit di un libro di Tabucchi dice più o meno così: "La vita non è in ordine alfabetico come credete voi". Fa parte delle mie frasi totem. Mi ricorda che non sono io quella che decide come andranno le cose, posso solo tentare di pilotarle al meglio. Un po' come il comandante di una nave. Esperienza e conoscenza possono molto, moltissimo, ma se il mare è in tempesta ci si affida alla fortuna. Con l'appuntato Marco Mancini questo vale più che con qualsiasi altra persona della mia vita. Perché lui è nel mio spazio vitale per caso.

In altre situazioni, in altri momenti, non ci sarebbe entrato, non sarebbe stato una storia da raccontare. Ora è qui, però. E non posso ignorarlo, perché da sola ho dato la stura a questa situazione. C'è di positivo, che quando è con me non fuma. Vorrei dirgli che non basta, che anni di tabagismo non si cancellano con qualche ora di astinenza. Ma a che pro? Voglio davvero cambiarlo? Vale la pena insegnargli a stare nel mio radar, quando non ho alcuna intenzione di farlo restare?

Di contro, io non gli manifesto i miei sentimenti. Faccio in modo che, se dico quello che provo, sembri sempre casuale. Ho il timore che gli altri arrivino a capire qualcosa che io ancora non ho capito. Ne dovrei parlare con la psicologa, o tornare ogni tanto dal Carbonasso, che più di tutti, in fondo, mi somiglia, così pieno di compulsioni, così anomalo da avere una possibilità effettiva di arrivare a comprendere cosa mi si agita dentro.

Guardo Marco dormire sul mio letto. Cerco di farlo parlare il meno possibile di sé e della sua compagna. Meno so, meno mi affeziono, meno problemi avrò domani quando dovrò chiudere questa storia. Lui, invece, i paragoni li fa eccome. E sogna. Sogna un luogo dove esiste un "noi". Anche Yussef lo fa da qualche tempo. Mi sono accorta che ipotizzano un "noi" dove il resto è a margine, e quando ricordo loro moglie e figli, mutuo, casa, lavoro, mi guardano come se bestemmiassi. Non posso lasciarglielo fare, non posso permettere a nessuno di immaginare un "noi".

Non lo permetto a loro, non lo permetto a me stessa.

Marco è convinto che la mia sia una specie di strategia femminile. Che lo tengo in sospeso per legarlo a me.

Mentre facevamo sesso, se n'è uscito con: «Vorrei che tu avessi bisogno di me. Che dipendessi da me».

Che strana frase. Sembra un giro di parole per dire che mi vorrebbe vicina a lui in un sentimento.

A volte mi chiede se lo trovo attraente, se mi piace guardarlo, se amo come si veste.

A questa domanda è facile rispondere, colorando un poco la verità: perché attraente lo è, anzi, decisamente carino. Ma io non provo niente. Niente di niente.

«Tu mi piaci tanto, Denis.»

«Non è il caso.»

«Lo so. Ma non facciamo male a nessuno se ce lo diciamo tra noi.»

«Non funziona così. Prendi questa bolla per quello che è.»

«E che cos'è?»

«Marco, sono paranoie da donna queste.»

«Dài, Denis, sei troppo intelligente per giocartela così.»

«Ma nemmeno tu puoi dare una definizione diversa. Siamo amanti.»

«All'inizio, forse.»

«Non fare il melodrammatico.» Sorrido forzata.

Non ho voglia di fare questa conversazione.

«Non prendermi in giro, Denis. Per me qualcosa è cambiato.»

«E cosa?»

«Che quando non ci vediamo, mi manchi.»

Angel

«Gobba? Quale gobba?»

Avrò visto *Frankenstein Junior* almeno cento volte, so le battute a memoria.

Anche Angel conosce il film. Non sono sorpresa, mi dimostra sempre di essere una persona di qualità.

La stanza in cui vive è un minuscolo monolocale. Lo tiene in ordine, pulito. Angel un po' segue il film, un po' traffica nella microscopica cucina a vista.

«Amor, ho preparato del sushi. Pescado. Spero ti piaccia.»

«Angel, io non mangio pesce.»

«Oh, che sbadato...» Ride, e mi mostra dei rotolini verdi. «Por ti, meu amor, li ho fatti vegetali.»

Mi raggiunge con un vassoio ricolmo di piccoli cilindri di riso, alcuni con pesce, altri con verdura o frutta. Si è impegnato seriamente.

Sul tavolino in vetro, davanti al divano a due posti, ci sono una bottiglia di Lugana ghiacciato e due bicchieri riempiti a metà. So che farà finta di assaggiarlo. Per lui sono calorie inutili, ma non vuole darmi la sensazione di bere da sola. Posa il vassoio e mi si siede accanto. Porta dei pantaloni neri con le borchie, larghi, con i tasconi e le catene che partono dai passanti della cintura, un maglioncino nero a collo alto, l'immancabile cappello. Ha solo un po' di kajal attorno agli occhi scuri, i piedi nudi. Niente smalto rosso, sulle unghie limate corte ha dello smalto nero. Anja non è invitata. Non si è solo impegnato nella cena. Sa cosa mi piace. Se non fosse Angel, se non fosse gay, se non fosse la mia amica, lo troverei sexy, eccitante.

Mangiamo con le mani, ridendo per il film. Il Lugana, per me, è un buon complice. Angel è vicino. Si accorge che spesso mi soffermo a osservarlo. Mi fissa per un istante, poi mi bacia. Niente bacio a stampo, stavolta, è un bacio vero, ma non da amanti. Non sono lingue appassionate o curiose, è un bacio consolatorio, quasi a cercare corrispondenza e accettazione. Ha le labbra socchiuse, fresche. Rispondo con cautela, quasi col timore di interrompere il momento, di spaventarlo. È imbarazzato, si vede. Non sa dove mettere le mani, abituato com'è a essere lui la donna della situazione. Vuole fare l'uomo, ma non ci riesce, finisce con l'abbandonarsi al contatto con tenerezza. Ci siamo baciati mille volte prima di ora e il contatto fisico è stato anche più diretto. Con me alterna battute sconce, baci sulle labbra e palpeggiamenti alle tette per verificare che le sue siano verosimili. Ma, adesso, sento in lui un'energia che non riconosco. Ci stuzzichiamo un po', fingendo di giocare al "vediamo se ti convinco". Realizzo il suo sforzo di non far emergere Anja, di tenerla nascosta, al buio. I pochi centimetri di divano passano da amicizia a familiarità, a carico di domande inespresse. Le nostre ombre dialogano con il linguaggio dei segni, mentre Angel e io ridiamo ancora, mangiamo e ci baciamo, come se il momento che abbiamo già vissuto tante volte con innocenza e senza aspettative si fosse fatto solenne. Sembriamo due adolescenti che scoprono il sesso. Gesti quasi accademici: ora ti tocco qui, ma dimmi se ti dà fastidio, ora muovo piano la lingua, ora ti bacio sul collo. Lui ha il timore di non piacermi. Anch'io ho la stessa paura. Dopo ogni bacio, si stacca e mi guarda negli occhi. Vedo, nei suoi, il timore e la fatica di non riuscire a rinchiudere la donna che sa di essere, la transessuale che vorrebbe prendere il sopravvento. Vedo la fatica per far prevalere quel cromosoma che gli permetterà di essere un uomo, almeno per una sera. Io ho paura di deluderlo: non sono un uomo, non sono nemmeno mascolina, nonostante i capelli rasati, non sono magra, né giovane. Ho paura che il mio corpo lo spaventi, che mi trovi brutta, o peggio, oscena. Nei suoi occhi leggo lo stesso terrore, quello di venire rifiutato da chi dovrebbe amarti.

Peter Boyle, in televisione, canta *Puttin' on the Ritz* ballando un tip tap.

«Non è la colonna sonora giusta» mi sussurra. Spegne la TV e accende lo stereo. La stanza è illuminata solo dalle luci azzurre dell'albero di Natale. La voce di Freddie Mercury riempie lo spazio. Siamo lontani, io e lui, in un'altra dimensione.

Mi infila le mani sotto il dolcevita, senza mai staccare le labbra dalle mie. Altri uomini l'hanno fatto prima di lui, pieni di frenesia. Ma Angel no, lo fa con calma, senza curiosità. Nello spazio tra la pelle e il reggiseno, mi accarezza piano. Ha un sussulto, si ritrae dal bacio.

«Ecco, questa è la misura di tette che fa per me!» ride, ma è teso.

«Deficiente» rido anch'io. Sono nel suo stesso stato d'animo.

Si alza dal divano, poi mi tira su. Facciamo un breve passo di tango, balliamo aderendo l'uno all'altra.

«Denise, senti...» l'amata voce di Angel è esitante, «se non ti piaccio, almeno ridi.»

Alba

Sono le sei. È buio. Le tapparelle ci siamo dimenticati di abbassarle e la stanza è ancora illuminata dalla luce blu dell'albero di Natale. Angel dorme tranquillo, non russa.

Sulla poltroncina, una pila di abiti piegati con pignoleria. Per ultima, la benda elastica che usa per schiacciare il seno. Provo un moto di tenerezza. Gli accarezzo la schiena, piano. Lui cambia respiro, forse sono entrata in un sogno. Ho addosso il suo odore, lo sento nelle mani, sulle braccia. Un odore buono, di pelle, di acqua di colonia. L'odore del suo collo. Ci siamo baciati tanto durante la notte. Quando il timore prendeva il sopravvento, lo superavamo con un bacio. Un muto segnale che Angel mi mandava, dammi tempo, diceva.

Mi alzo, vado nella minuscola cucina a pochi passi dal letto. Accendo il bollitore per fare un tè. In bagno, mi siedo sulla tazza.

Fotogrammi della nottata affiorano alla memoria. Lui che mi mordicchia un seno e mi chiama Fausto, con tono baritonale. Noi che ridiamo.

Gli era più facile immaginare che io fossi un uomo. Ho anche provato a fare una voce maschile, scherzando, ma non tantissimo. Ricordo di essermi messa a cavalcioni su di lui, accarezzandogli le gambe depilate meglio delle mie, più belle delle mie. L'ho sentito entrare, l'ho accolto dentro di me.

"E se non riesco?" era la muta domanda che leggevo nei suoi occhi. C'era riuscito.

Non ho avuto nessun orgasmo, troppo intenta a sostenere il suo. Entrambi col timore che qualcosa potesse rompere la magia. «Era meglio se non ti depilavi, meu amor... magari ti confondevo con un camionista ungherese!»

Mi asciugo usando una salvietta profumata. Angel è l'unico uomo che tiene nel bagno delle salviettine Chilly alla menta. Mi lavo le mani. Lo specchio riflette una me strana, non mi riconosco. Tolgo con il dito un granello al lato dell'occhio. Sulla mensola vedo uno struccante. Prendo un dischetto di cotone e me lo passo sul viso. Ha l'odore di Anja, quello che sento di notte quando sale nella mia auto e la accompagno a casa.

Mi bruciano gli occhi, mi sento stanca, vedo le rughe più evidenti.

"Rughe d'espressione, amor." Mi sembra di sentire la voce di Anja che tenta di consolarmi. Allontanandomi dallo specchio, la mia figura intera mi guarda impietosa. I chili di troppo, la pelle non proprio giovane e soda, le cicatrici che denunciano che persona orribile io posso essere con me stessa.

Clock. Il bollitore si è spento. L'acqua è calda. Torno nella cucinetta, preparo un tè. È ancora molto presto. Guardo l'ingombro di Angel nel letto, che respira profondamente. Ora tocca a me. Abbandono la tazza sul mobile, entro sotto le lenzuola. Adesso dorme supino. Mi avvicino, lo accarezzo piano. Lui si sveglia. Ha la faccia di chi non realizza immediatamente cosa sta succedendo. Il suo corpo però reagisce. Lo accarezzo ancora, lo bacio, mi prendo del tempo per assaggiare la sua pelle. Mi metto a cavalcioni su di lui, lo riaccolgo.

«Cosa fai? Amor...»

«Niente» sussurro, «continua a dormire, Angel.»

«Denise...»

Mi muovo solo io, su di lui. Ascolto me stessa, asseconddo il ritmo cardiaco. Nessuna preoccupazione, non lo coinvolgo in un momento che ora è solo mio. Per la prima volta penso solo a me stessa, senza pregiudizio, senza sentirmi inadeguata, o brutta, o vecchia. Nella testa è una specie di epifania. Deve essere questa la sensazione di chi si vive a pieno. Capisco, in questo istante, cosa significa amarsi e dunque lasciarsi amare.

«Se non ti piaccio, almeno ridi.» Questo mi aveva detto poche ore prima. Non ho riso. E nemmeno lui ha riso. Nessuna reazione da film porno, nessuno strillo strano o eccessivo. In silenzio, senza parlare. L'orgasmo arriva come una sorpresa. Spalanco gli occhi e lo guardo in faccia. Lui comprende, mi stringe le mani, mi lascia sdraiare su di sè. Ho il fiato corto.

La pelle contro la pelle, l'odore di sale del sesso. Incomincia a muoversi. Ora ha anche lui una faccia stupefatta, gli occhi sbarrati, e mi fissa.

Esco da casa di Angel. Le campane della chiesa di via Piave suonano allegre. Prima messa del mattino, venite fedeli, venite.

Salgo in auto, Angel dorme ancora. Ho bisogno di parlare con qualcuno. Selli no, me la immagino mentre mi dice: "Ma sei stata a letto con la puttana? Io non la toccherei neanche con un bastone!", magari con quella vocetta querula che usa quando è stizzita o schifata. Antonio sarà con i suoi, in Romagna. Anche l'analista, non posso certo disturbarla, sono solo le otto.

Di notte saprei chi chiamare, ma di giorno non ho nessuno. Fisso per un istante il cellulare, poi cerco il numero di Anja.

«Pronto... Ho una cosa da raccontarti.»

«Denise, meu amor, dammi un minuto che mi metto il rossetto.»

Ha capito. Non scherza. Asseconda la mia malinconia. La sento trafficare qualche istante, per poi riprendere il cellulare.

«Amor, che succede? Che me devi dire?»

Notte

Alcune notti non sopporto più quello che accade, quello che sono diventata, quello che faccio. Nel parcheggio l'auto è bianca. L'umidità mi cade addosso in piccole gocce ghiacciate. Galaverna. Cambio strada per arrivare al lavoro. Non riuscivo a dormire, così sono uscita prima, a mezzanotte e un quarto o giù di lì. La radio in sottofondo è un borbottio che si mescola a quello del motore. Passo per il centro, prendo la via che porta alla stazione, da qualche parte mi arriva il rumore di rotelle di una valigia trascinata in velocità; mi fermo sulle strisce e faccio passare il cinese col carretto pieno di sacchi di immondizia. Una mano illuminata mette un pezzone di Leonard Cohen. Alzo il volume e rallento, mi serve tempo per ascoltarlo tutto. Canticchio piano. Dedico le parole ad Anja, lei certe cose le apprezza. Il caldo dell'abitacolo mi ricorda che, volendo, una possibilità c'è, basta saperla cogliere. Magari, ecco, allo svincolo tiro dritto, passo la barriera, mi lascio alle spalle Mestre, Marghera con lo skyline che ha ispirato Hemingway e anche la sorellastra cattiva, quella al di là della laguna.

Arrivo a Marghera sulle ultime note di *A Thousand Kisses Deep*. Mi spacca in due il cuore.

Il boato delle pompe mi investe con un buongiorno che non ho voglia di ascoltare, non stanotte. Non sarà affatto un buon giorno, mi sono scordata di prendere l'antidolorifico, perciò fanculo, non sarà un buon giorno per niente. Il collega giovane mi sorride. Mi dà fastidio anche questo, la solidarietà di chi passerà una notte di merda come la mia.

«C'è da fare consegna.» Il capo parla in generale ma so che il messaggio è rivolto a me.

Stessa storia quasi tutte le notti: suona il telefono, breve dialogo tra il capo e il venditore, poi l'annuncio che bisogna andare. Brontolio generale, come se ci fosse il rischio che a fare la strada sia qualcun altro. Vengono in bici apposta per non doversi occupare delle consegne, tanto ci sono io.

Ieri, nella zona park di via Righi, le auto ferme avevano i vetri candidi. Stanotte però fa più freddo. Lo dice il parabrezza ghiacciato che non sono riuscita a grattare con la paletta comprata a un euro da Obi. Il termometro spia lampeggia un meno tre. All'alba, andremo ancora più sotto. Mi fa troppo male la spalla. Il reumatologo mi aveva avvisata che gli interventi chirurgici svegliano l'artrite e che per farla passare ci vuole tempo; io l'ultimo l'ho subito sei mesi fa, uno di quelli affrontati per sembrare normale, più simile a tutti gli altri e più distante dalla me che ero.

Questi momenti da sola, lontano dalle pompe e dalla radio mi permettono di riflettere, divagare. Penso a Marco, che per non farmi venire il vomito con le sue pestilenziali sigarette si lava i denti venti volte e poi si profuma; so che lo fa per me, perché ha capito che apprezzo. Me lo immagino alzarsi, lavarsi i denti, la faccia e spruzzarsi un profumo che andrà perso nei miasmi del capannone non appena troverà una scusa per passare. Però intanto lo fa. Chissà la moglie. Oh, ma lei, alle tre di notte, mentre lui pattuglia le strade o passa a trovare l'amante, se la dorme, se ne sta al caldo.

Una volta Marco mi ha detto: «Sei una donna forte, Denis, devi esserlo, per fare questa vita».

Avrei voluto contraddirlo, spiegargli le mie ragioni, ma alla fine a quale scopo? Quando parlo con lui mi sembra quasi di parlare con Selli. Due muri che non ho voglia di abbattere. Non più.

Anja

Anja non c'è.

Quando qualcuno manca all'appello, si vede immediatamente. Di notte siamo in pochi e se uno di noi sparisce si nota subito. Lei, di solito, si posiziona vicino al semaforo di via del Lavoratore, quello che funziona sempre perché via Fratelli Bandiera è ad alto scorrimento. Stanotte, però, al suo posto c'è solo una luce forte, fortissima. Tra una mezz'ora albeggerà, ma adesso spegnetela questa cazzo di luce.

Poi la vedo stesa a terra in una posizione strana, innaturale, una Barbie disarticolata, abbandonata sul cemento lurido del viale, nell'alone chiaro degli abbaglianti di un autobus di linea, il 6L. Accanto al corpo, la borsa di Michael Kors mi conferma che è lei. Le scarpe sono finite sotto il paraurti di una Yaris color argento. Il parabrezza della piccola utilitaria è una lastra di ghiaccio crepato. Il cuore salta un battito. Poi un altro. A mano a mano che il bagliore crudo, cattivo, dei fari mi mostra nuovi dettagli, sento montare la disperazione.

«Ma quanto correvi?» La domanda mi esce dalla bocca, mentre svolto e parcheggio in velocità dall'altra parte del viale alberato.

La municipale è già arrivata. Un vigile è seduto sul cordolo del marciapiede, posa una mano sulla spalla di un tizio che si tiene la faccia tra le mani. L'altro vigile effettua rilievi sull'asfalto. Nessuno si occupa della mia amica, di metterle qualcosa sotto il viso che la ripari dal contatto con il cemento sporco.

Scendo dall'auto, mi sfilo la giacca.

Antonio mi vede, comprende le mie intenzioni. Fa una corsa, e prima che io riesca ad attraversare, mi agguanta tenendomi per le spalle.

«Non andare. Non puoi.»

Gli mostro la giacca, come se questa cosa spiegasse tutto.

«No, Denis, non puoi. Ci pensano loro.»

«È da sola. Non posso lasciarla da sola.»

«Tesoro, non puoi fare niente. Tu non puoi.»

Mi lascia andare, ma con una mano mi aggancia un polso. Mi trattiene con forza.

«Ma perché i vigili?» chiedo. «Perché non la polizia, o i carabinieri?» Mi sembra un insulto.

Fuori dal palco illuminato dal bus, i notturni spiano. Di giorno ci sarebbe stata una folla a curiosare, ma ora tutti se ne stanno lontani, al sicuro. Vigliacchi. Vorrei gridarglielo in faccia, eppure mi sento a mia volta manchevole: perché non riesco a liberarmi dalla presa di Antonio; perché non posso portare qualcosa alla mia amica per difenderla dal cemento sporco; perché nessun altro lo fa, nemmeno uno stronzo di vigile. Ci riprovo, ma Antonio è una guardia inflessibile. «Bambina» mi sussurra, «lasciala in pace. Lascia che ci pensino loro.»

Il cellulare si illumina, è il capo che vuole sapere dove è finita la consegna.

L'autobus passa da 6L a fuori servizio, e se ne va.

Mi dica una cosa, se può. Gli uomini amano come noi? Si innamorano come noi? Perché io non lo so. L'ho già detto? Non li ritengo uguali o anche solo simili a noi.

Se penso ad Anna, o a Selli, le vedo coinvolte, se non addirittura ossessionate. Ma gli uomini? Conosce, lei, uomini che vivono l'amore come un'ossessione?

Secondo me scambiano il sesso per amore, altrimenti non si spiega. Quando un uomo si dice coinvolto, non posso fare a meno di leggerci un: "Mi piace come scopi".

Dunque, gli uomini amano come noi? Provano dolore, paura del rifiuto, assenza e mancanza? E tutto questo, lo provano per la persona o per quello che la persona può dare, o fare per loro?

In un breve lasso di tempo, due uomini si sono dichiarati coinvolti. Presi. E io non ci credo. Non credo nelle loro intenzioni, nei loro sentimenti. Forse, se fossero single o separati. Forse, dico. Ma quando ci sono di mezzo moglie, figli...

Yussef all'inizio parlava solo dei figli, e mi dava fastidio, ma fino a un certo punto. In più, questa cosa del paragonarmi alla moglie, che ha fatto anche Marco, mi fa provare un senso di rabbia, e finisco per allontanarmi. Che poi le basi, proprio, dell'avere un'amante stanno nel non parlare di casa, parenti, problemi. L'amante è una bolla dove il resto non ci deve entrare. E forse sarò anche cattiva, ma io, dei loro problemi famigliari, me ne frego.

Il conto dei vicini rimane invariato: otto indiani, due senegalesi, tredici moldavi, cinque iraniani, tre cinesi.

Poi c'è una cosa. Una cosa di cui non abbiamo ancora parlato. È morta Anja.

Come mi sento?

Ho il cuore spezzato.

Ormai non conto più gli strati. Penso di essere al quarto maglioncino. Il freddo è pungente la notte, e si sfiora lo zero all'alba.

Sono ingrassata. Il capo dice che non sto male comunque, ma la sua compagna è anche lei morbida, evidentemente gli piacciono le donne in carne.

Marco, almeno due volte alla settimana, col pretesto di un saluto o della colazione, passa al capannone. Continua a chiedermi di uscire. Ha capito che voglio qualcosa da lui, anche se non ha bene afferrato il motivo. Non si spiega perché una come me si sia presa tanto a cuore la sorte di una puttana del viale, una transessuale straniera della quale non si interessa nessuno. Mi ha promesso di chiedere ai colleghi, e usa questo mio bisogno di sapere come merce di scambio.

Ho scoperto anche che Manuel, che lavora alla Tamoil, dove hanno più volte pestato Anja, qualcosa sa. Dopo, a fine lavoro, passo a fare il pieno. Magari mi dà qualche dettaglio in più, che mi spieghi cosa è successo.

Mi chiedo che fine abbia fatto la salma di Anja. Qui non aveva nessuno, e io non ero niente per lei.

«Me la ricordo bene quella notte. Sono venute le puttane a dirmi che avevo la telecamera rotta.»

Manuel usa il termine puttana quando parla delle scagnozze del Re. Le altre, le puttane vere, le chiama "poveracce".

«Sai anche chi avevano pestato?» ho chiesto.

«Una trans. Ma una vale l'altra. Quasi ogni settimana ho la telecamera rotta.»

Mi viene la nausea.

Manuel sfila la pompa di benzina dal bocchettone e mi fissa, verificando che io non mi senta male. Poi riprende:

«Comunque deve essere stata quella del semaforo di via del Lavoratore, perché è l'unica che non si è più vista».

Annuisco.

«Si preoccupano tanto degli spacciatori, ma questo pezzo di merda e le sue puttane sempre tra i piedi ce l'abbiamo.» Manuel si liscia la barba con un gesto nervoso. Fa sempre così quando si arrabbia.

Non ha simpatia per le poveracce, anzi, lo indispongono perché gli lasciano preservativi e immondizia sul piazzale, ma per il Re prova un vero e proprio odio.

«Le pesta come tamburi» dice, «e poi mi manda le sue troie con cinquanta euro a dirmi che la telecamera è rotta.»

Tutte cose che già so, e sono certa che i cinquanta euro se li prende, eccome. Così come sono certa che per la polizia la telecamera è sempre fuori uso. Mi ribolle il sangue, perché la sua rabbia è mista a paura, sa che se crea problemi gli raderanno al suolo il distributore.

Marco

Marco è arrivato insieme al brigadiere con la solita guantiera di brioche. I colleghi hanno esultato, il capo ha fatto preparare una cassettina di misto, Pasquale ha iniziato con le sue battutine su me e l'appuntato.

Certo che Marco non sa proprio fingere. Si vede lontano un chilometro che vuole parlarmi. Aspetta all'ingresso tenendo le paste in bella vista, nemmeno fossero il tesoro della corona.

Gli tolgo il vassoio dalle mani e, mentre il brigadiere chiacchiera col capo, io e lui andiamo in ufficio.

«Ti va un caffè?»

Guarda l'orologio.

«Hai un deca? Sto per finire e voglio dormire. Tu ne hai per tanto?»

«Ancora un paio d'ore.»

«Ti aspetto?»

«No, poi ho la banca e una scappata dal commercialista.»

Non sono credibile. Lo leggo nei suoi occhi che la sceneggiata non funziona.

«Dài, Denis, puoi anche dirmelo che nun te va più.»

«Non è questo.»

«Ho sbagliato a dirti che per me è cambiato.»

Si fa meditabondo. Come se fosse indeciso su cosa aggiungere. Mescola il caffè, lo fa con l'attenzione di un orafo che incide una miniatura.

«Ho letto il fascicolo della tua amica.» Sottolinea la parola "amica" come provocazione nei miei confronti. Ora ha la mia attenzione. Totale.

«Quella notte era ubriaca. Non da perdere i sensi, ma abbastanza da trovare il coraggio.»

«Coraggio?» ripeto a pappagallo, cercando di collegare il significato della parola a qualcosa che sento sfuggirmi.

«Coraggio» conferma Marco. Beve un sorso di caffè. Posa il bicchiere di carta sulla scrivania, poi lo riprende, lasciando un piccolo cerchio bagnato sulla superficie in legno. Un cerchio perfetto. Butta giù alla goccia quello che rimane, uno shottino di caffè. «Coraggio di buttarsi sotto.»

Non capisco. La mia espressione deve essere più che chiara. Marco esita un istante, come se valutasse quanto dirmi.

«Denis, ci sono le dichiarazioni dei testimoni. Altre prostitute hanno raccontato che da qualche tempo la transessuale arrivava piuttosto malridotta. E, quella sera, era molto alterata. Sembra che abbia detto a un'altra delle puttane che aveva festeggiato la sua ultima notte in strada.»

«Davvero, Marco, non capisco, sai?»

«Si è suicidata. Si è buttata sotto di proposito, tra l'altro rischiando di ammazzare quel povero cristo che stava andando al lavoro. Ha aspettato dietro la siepe che arrivasse un autobus, o un camion. Quando ha visto il bus in lontananza si è preparata, ma quello ha dovuto fermarsi per far scendere delle persone. Una Yaris lo ha sorpassato aumentando la velocità. Lei ha capito che l'autobus sarebbe ripartito lento, così si è lanciata sotto l'auto. Travolta in pieno. Ha rimbalzato sul cofano e sul parabrezza. I rilievi erano abbastanza chiari, ma sono stati i testimoni a raccontarci com'è andata effettivamente.»

«Non c'era nessuno. Io sono arrivata due minuti dopo, e non c'era nessuno. Nessuno...»

«Non hai visto nessuno. Ma la gente c'era. Alla fermata del bus, dentro il bus, le altre prostitute. Oltre alle telecamere del benzinaio, che mostrano come si è mossa negli ultimi istanti.»

«Non mi ha detto niente.»

«Er benzinaio è amico tuo?»

Non rispondo.

«Ma poi che te 'mporta de 'na zoccola? N'era manco 'na donna.»

La Psicologa

Non capisco più niente. Perché non parlarne? Perché non dirmi cosa stava succedendo?

Dopo che Marco mi ha raccontato di Anja sono uscita a cercarle. Non le ho trovate. Ma anche se le avessi trovate? Se le avessi affrontate? Cosa sarebbe successo?

Mi sono fermata al maledetto benzinaio. Manuel ha detto che dalle telecamere si vedeva chiaramente il momento in cui si è buttata. Praticamente è saltata fuori da dietro una siepe e si è lanciata. La Yaris ha superato un bus e ha preso velocità, così Anja ha sfruttato l'istante. Un botto tremendo. Il corpo di Anja è finito sul cofano, sbattendo sul parabrezza e poi ha rimbalzato un paio di metri in avanti rispetto alla macchina.

Finisce così allora? Senza nemmeno dire addio? Senza un ciao?

Ho provato schifo. Un orrore senza fine. Come quel giorno delle anguille, come la notte del pestaggio.

Adesso? Mi sento sola. Mi ritrovo circondata di uomini, cuculi con il becco aperto pronti a ingollare tutto quello che posso dare. E niente Anja. Niente Angel. Niente.

Il dolore è un consigliere bastardo. Ti suggerisce vie di fuga che distruggono: "mangia", "abbuffati", "riempiti". Le sento queste parole. Le sento nello stomaco, nella testa, diventano ossessioni.

Anja non mi permetteva di ignorare gli specchi. Mi costringeva a guardarli, a guardare me stessa, a cercare il bello che lei vedeva in me.

«Hai quello che io voglio da tutta la vita, meu amor.»

Quando muore qualcuno vengono dette delle frasi atroci.

Forse una delle peggiori è: "Non ho parole". A me verrebbe da rispondere male, da rigettare in faccia al mittente una cazzata simile.

Quando morì mia madre, in tanti mi dissero: "Non ci sono parole". Ci sono, certo che ci sono, le parole. Ci sono ricordi, immagini, sentimenti, momenti. Ci sono giornate. E se non le conosci, se non sai, allora basta un: "Mi dispiace tanto". Non serve altro. Non serve più niente. Nemmeno quelle frasette del tipo: "Se hai bisogno, sono qui". Perché dirlo, quando sappiamo entrambi che un bisogno c'è, ma non ti riguarda. Ho bisogno di chi se n'è andato, di chi sta generando tutta questa pena.

Poi c'è la frase che piace tanto agli psicologi da bar: "Devi elaborare il dolore".

Il dolore è dolore. Non c'è niente da elaborare, solo da perdonare. Perdonare chi se n'è andato e ci ha abbandonati, perdonare noi stessi per non essere stati abbastanza. Perché è questo che fa male, il non essere stati in grado di salvarli. L'elaborazione richiede solo ed esclusivamente un piccolo passaggio: perdonare loro e perdonare noi stessi.

La malattia, la morte, non sono una punizione, non esiste un giudizio supremo che lancia strali a noi poveri peccatori. Malattia e morte sono solo dei biglietti fortunati nella ruota della sfiga. Giochi, ed ecco che esce il cinquantaquattro della smorfia veneziana, "La merda".

Le malattie importanti o i lutti hanno questa capacità, di definire un prima e un dopo. C'è una te prima e una te dopo quell'evento e sono due entità differenti, spesso diametrali: la te che eri prima, dopo non esiste più. Non esisterai mai più in quella forma.

Ci si preoccupa tanto delle malattie letali, che in fondo sono quasi gentili: ti informano sulla data di scadenza. Ti dicono che è relativamente vicina e che tu devi fare quello che puoi per spostarla, per procrastinare la morte.

Nessuno si preoccupa, però, di quello che avviene quando ti senti intoccabile, immortale, finché qualcosa non interrompe questa certezza. Un infarto non è così cortese da avvisarti, ti capita, e ciao ciao immortalità.

È il dolore che parla, è la rabbia per le risposte che non ho.

Anja ha aspettato il momento giusto per buttarsi sotto l'auto, proprio quando stavo per passare? O sperava che arrivassi prima e riuscissi a fermarla? Erano le cinque e un quarto del mattino. Perché attendere l'orario in cui di solito porto le consegne al Tronchetto?

Marco è ermetico, non ne parla più.

Qualche altra informazione l'ho avuta dal benzinaio, che certamente ha visto i video delle telecamere di sorveglianza del distributore.

Come ha visto la notte del pestaggio, e tutte le notti di botte che Anja e le sue sorelle hanno subito. Deve essere un film macabro. Chissà come si sente Manuel quando guarda quelle immagini.

Si indigna? Inorridisce? Eppure, incassa il suo obolo per il silenzio.

Cinquanta euro e le telecamere sono rotte.

Cinquanta euro e non ti distruggiamo le pompe di benzina.

Cinquanta euro e non diamo fuoco a tutto.

Cinquanta euro e possiamo fare macelleria, tagliare, scorticare, pestare e buttare nell'umido, come faccio io con il pesce povero, di scarto. Pesce morto, lo chiama Beppe, come se ci fosse una differenza.

Ora, adesso, se potessi scegliere dove stare, probabilmente sarei dall'altra parte della strada ad abbuffarmi, in quella pasticceria che vedo dalla finestra del suo studio.

Probabilmente, mangerei fino a vomitare, fino a sentire la pelle che esplode. Ingurgitare. Ecco cosa vorrei ora: ingurgitare qualsiasi cosa.

La prego. Non mi permetta di farlo.

Antonio

Per Antonio, scoprire che Anja si è ammazzata è stato terribile.

«Penso che sposterò il furgone.»

«Dove?»

«Non so. Più verso San Giuliano.»

«E quando?»

Dà un'alzata di spalle, come a dire "non so", poi fa scendere il caffè. Mi mette davanti il bicchierino di carta. L'odore biscottato mi arriva immediatamente. "Sa de ristorante cinese", così aveva sentenziato Anja. Lo bevo comunque. Antonio non vuole che glielo paghi.

«Penso prima di Natale, Denis. Così approfitto delle feste.»

Annuisco. Ora devo andare. Al capannone c'è un mare di cose da fare. Il capo sarà certamente già arrivato.

Angel

Poco prima che morisse, Angel e io avevamo discusso. Era la prima volta che succedeva. Non era sua abitudine alzare la voce, non ne era capace. La ragione del litigio la ricordo appena, riguardava il fatto che prendo tutto troppo alla lettera e che, secondo lui, stavo correndo il rischio di prostituire la mia intelligenza.

«È peggio che prostituire sé stessi» aveva detto.

Non era d'accordo né sul fatto che io dovessi conoscere gente, soprattutto tramite una app, né che dovessi essere sempre disponibile. Che, appunto, la mia disponibilità doveva limitarsi alla conoscenza, e non a tutto il resto.

«Sei intelligente, Denise, ma a volte non capisci un cazzo!»

La discussione aveva preso una piega strana. Ero ammutolita, e anche Angel aveva smesso di parlarmi. In quel muro di silenzio, entrambi ci sentivamo distanti, così lontani da temere che fosse l'ultima volta che ci vedevamo.

Eravamo saliti in auto, l'avevo accompagnato al residence. Sotto casa sua, così, senza una specifica ragione, aveva iniziato a parlare.

«Denise, hai mai ascoltato qualcosa che non sia la tua voce? Perché te fai un sacco di rumore, e poi dici de me.» Aveva una voce ferma, priva degli acuti di Anja. «Te agiti, strepiti, batti i piedi, se fossi una bambinetta dondoleresti le gambe sulla sedia. Ma non sei una dodicenne, il tuo agitarti si è trasformato in disagio e in movimento oscillante. Ma te, hai mai ascoltato veramente?»

Stavo per rispondere, ma mi ero resa conto che avrei rotto l'incantesimo. Mai Angel aveva parlato così tanto, mai era emerso così potentemente. Perciò avevo taciuto, lasciandolo finire.

«Non pretendo che ascolti la mia voce, ma quelle cose che te se agitano dentro, tra le viscere. I sentimenti per esempio. L'amore, l'odio, l'innamoramento, l'ira. Li hai mai sentiti? Hanno una frequenza perfetta. Nitida. Però se subito manifesti all'esterno questa forza, non li senti. Senti solo costrizione, fuoco, la pelle che diventa una barriera troppo stretta. Io invece li ascolto, tanto. Come ascolto l'invidia, che ha la forza livida de un limone spremuto negli occhi, o l'ansia, una bolla ghiacciata che scivola sullo stomaco. Ascolto qualsiasi cosa. In silenzio.» Si era voltato verso di me e mi aveva fatto una carezza. «Poi piango. Per ore e ore. Fino a sfinirmi. Il bello de piangere è che svuota. Priva di ogni volontà, necessità, intenzione e rimane solo il desiderio di evaporare, diventare leggeri come aria. Tu ascolti mai?»

«Angel, io...»

«Te verrebbe da rispondere di sì. Ma sii sincera. Sincera fino a vomitare. Che anche il vomito ha un rumore.»

Avevo sospirato. Lui, mi accarezzava piano. Poi aveva proseguito: «Vuoi sapere qual è il tuo rumore? Sai cos'è un keisaku? Ecco, fai quel suono. Uno schiaffo netto. Secco. Sei il piccolo click di un serramanico aperto di nascosto, o i passi pesanti sulla neve con pochi vestiti e molta fame. Il rumore che fai, Denise, è quello della disperazione e della rabbia».

Sento ancora la sua voce che mi chiede: "Senti il rumore che fai? Ne produci tanto. E non ascolti".

Adesso che lui non c'è più, vorrei fare ancora più rumore. Vorrei che mi sentisse, che il mio dolore gli arrivasse oltre la cortina del tempo, dei sentimenti e anche della morte. Vorrei parlargli, dirgli che qui non è un brutto posto se ci siamo tutti e due. Se potessi parlarci, anche solo per un istante, non so...

Selli

«Perché piangi?» Lo sguardo di Selli è preoccupato. «Che altro è successo?» insiste.

Paziente, ascolta il mio rosario di tristezze. Le racconto di Anja, delle botte, delle bulgare, del nigeriano, del lavoro, di Pasquale, del fatto che non ce la faccio più.

Mi soffio il naso sonoramente, come i bambini quando non trovano consolazione.

«Forza, lavati il viso che usciamo» mi ordina.

«A fare cosa? Non ho voglia. E poi guarda che occhi.»

«Muoviti, prendiamo un po' d'aria, che ti fa bene.»

Borbotto proteste, ma le sono grata. L'acqua calda sulla faccia si mescola alla malinconia. Persino il piccolo vortice che scende nel tubo mi mette tristezza.

Mi vesto. Nero. Maglia nera, pantalone nero, cappello nero. Ci metto dell'impegno a urlare al mondo che sono affranta. Parcheggiamo all'ex ospedale. Gli unici edifici ancora in piedi sono il centro oncologico e quello d'igiene mentale. Ogni volta che ci passo guardo la targa metallica e poi abbasso lo sguardo. Conosco fin troppo bene gli scalini e la porta del padiglione di oncologia. Il mio umore ormai è definitivamente in tinta con i miei vestiti. Mestre la morente è piena di gente che passeggia. Bambini ovunque. Mondadori, dentro al cinema Candiani, è stracolma di persone che si aggirano tra gli scaffali in attesa che inizi il film. Ci fermiamo a guardare la vetrina: un vecchio DVD del Magico Alverman, i libri per bambini, le novità. Una voce femminile alle mie spalle mi desta dal sogno a occhi aperti.

«Ma, bella signora, sei tu?»

Mi volto alla ricerca della proprietaria della voce.

«Alba!» La abbraccio forte.

È bella Alba. Occhi azzurri, capelli fluenti biondi. La solita salopette. Irradia energia e positività. Non è donna da convenevoli lei.

«Senti, ma che messaggio stai mandando al creato?» Il mio sguardo smarrito la fa ridere, non capisco cosa intende. «Cappotto nero, tutta nera... Su, animo. Colore ci vuole. La vita ha bisogno di colore.» Sorride.

Anche Anja lo diceva: "Meu amor, me sembri Morticia". Le piaceva un sacco quel personaggio.

Sorrido anch'io. Sento parte della tristezza evaporare. Mi vergogno della malinconia che porto addosso. Certo, le cose non vanno bene, e che faccio? Mi siedo e piango. Piango fino a sfinirmi.

Ci salutiamo con un bacio.

In piazza Ferretto c'è il pandemonio. Selli parla di vestiti, del suo lavoro. Dentro la cassa toracica, tra costole e diaframma, una piccola luce ha iniziato a brillare. Alba ha lasciato qualcosa. Un musico di strada suona il violino. È bravo. Metto due euro nel cestino, lui fa un inchino e prosegue nella sua estasi musicale. Le note mi accompagnano in calle Legrenzi. Troviamo qualche bancarella artigianale. Francesca, una nostra vecchia amica, ha uno stand, passiamo a salutarla.

Ci accoglie sorridendo con denti di metallo. Vende delle collane che fa col cartone riciclato, insospettabilmente belle. Selli osserva le sue creazioni.

Francesca mi fissa seria e mi chiede come va.

«Uno schifo, Fra» rispondo mogia.

«Sai, anche per me non gira bene. Sono senza lavoro, ma non riesco a preoccuparmi del futuro. Sarà incoscienza... Faccio quello che posso. Vedo sempre il bicchiere mezzo pieno, anzi, qualcosa di più, che sai quanto mi piace farmi un cicchetto!» Ride, e il suo sorriso ferroso è contagioso.

Mi è sempre piaciuta molto, ha quello sguardo diretto delle persone vere, che vivono l'oggi con schiettezza.

Selli compra una collana. Francesca le fa il pacchetto con un fiocco di lana rossa e poi mi abbraccia forte. Da un'Ape car sento provenire l'odore di cipolle arrostite e polenta.

Tutte e tre ci lasciamo sedurre dal profumo, lo stomaco comincia a fare le rimostranze.

Torniamo a recuperare l'auto. Selli mi stringe il braccio con forza.

«Hai riso due volte oggi, abbiamo fatto bene a venire in centro.»

Medito un po'. La lucina che Alba e Francesca mi hanno lasciato, ora brilla di più.

«Se vivi, Deni, non fai un torto ad Anja, anzi» dice Selli, addentando un pezzetto di polenta calda pescata dal cartoccio.

La Psicologa

Quando sono uscita da casa di Angel, quella mattina, sentivo il bisogno di parlare con qualcuno, di raccontare quello che era successo. Di dire che mi sentivo felice.

Appena salita in auto, avevo realizzato che non c'era nessuno a cui avrei voluto raccontare come mi sentivo. Non a Selli, non ad Antonio, non a Yussef o ad Anna. Volevo raccontarlo ad Anja. Volevo parlare con la mia migliore amica.

Anche adesso vorrei parlarle per raccontarle come mi

sento, chiamarla con lo stesso nome che usava lei con me. Dirle: "Ehi, meu amor, come stai? Sai che è morta una mia amica? Sai che è morto Angel?".

Non so nemmeno se i suoi genitori sono stati avvisati, o se qualcuno ha reclamato il corpo all'obitorio. E non so nemmeno se è ancora in Italia, se le hanno fatto un funerale, se è in una cella frigorifera o in qualche loculo.

La morte è un processo comunitario, che non riguarda solo chi muore, ma anche chi ama quella persona; e, a dire il vero, non c'è una sola morte per tutti. C'è chi muore completamente, chi muore nei sentimenti, chi muore nella testa, chi nello stomaco e chi, come me, non muore ma vorrebbe morire.

Discorsi da depressa ma, mi creda, non lo sono.

Oggi è una di quelle giornate in cui ho paura. Quanto è brutta? La paura, intendo. Un sentimento tangibile, lo puoi quasi toccare. C'è della purezza nella paura. Ci ha mai fatto caso? Non è come l'amore, che è fulmineo, che ha i colori di un'alba potente o di quelle notti di pioggia interminabile. L'amore può essere un quadro di girasoli o una lama a stiletto. Dipende da cosa lo genera.

Anche l'odio non è netto, è volatile. L'odio è come la neve sporca delle città industriali che sa di smog e fango, e se tenti di raccoglierla ti si squaglia in mano e ti lascia in regalo una cicca.

La paura invece è una serpe che striscia sul fondo dello stomaco, dell'esofago, si attorciglia alla spina dorsale e stritola tutto. La paura è come un budino di sangue raggrumato, dolorosa come un pugno. E la puoi toccare. Se posi una mano sulla pancia, la senti strisciare.

Forza, la faccia questa domanda.

«E lei, Denis, di cosa ha paura?»

Già. Di cosa?

Ho cancellato gran parte della rubrica, il numero della psicologa, quello del Carbonasso; ho eliminato anche Yussef, Marco e Anna. Rimangono Antonio, Selli, qualche contatto del lavoro. Li ho contati, ho trentasei numeri di telefono. Quello di Anja è ancora lì, non lo cancello perché temo scompaiano i suoi messaggi. È irrazionale, stupido, ma non ci riesco.

Moira mi aspetta fuori dal capannone quasi ogni mattina e poi mi accompagna a casa, senza forzare il mio mutismo ostinato.

Oggi mi ha chiesto: «Come va il conteggio del vicinato? C'è qualche altro moldavo nel tuo quartiere?».

Ho riso. Lei mi ha stampato un bacio sulla guancia e mi ha augurato la buona notte.

I giardini di viale Garibaldi sono pieni di badanti in libera uscita, non c'è una panchina vuota nemmeno a pagarla. Entro nel parco di villa Franchin. Una donna chiude di scatto un libro, comincia a raccogliere le sue cose e si alza lasciando un posto sotto al gazebo di legno. Accelero il passo per non farmelo fregare. Lei sorride e mi fa segno di sedermi, anche se ancora ha delle cose da prendere. Per smorzare l'imbarazzo nell'occupare uno spazio altrui, prendo il cellulare e apro WhatsApp. Il capo chiede se stanotte posso andare mezz'ora prima. Cancello i messaggi di Marco e Yussef senza leggerli, prima o poi capiranno. Selli mi ha mandato una di quelle gif glitterate con scritto: "Buongiorno!!!".

Buongiorno un cazzo.

La donna ormai ha finito, posso allargarmi, occupare tutta la superficie possibile. Mi saluta con un cenno e se ne va.

Cerco il numero di Anja. Mi appare il suo ultimo messaggio: "Arrivo sopito, due minuti".

Digito in risposta: "Mettici tutto il tempo che vuoi. Ti aspetto".

Ringraziamenti

È cosa nota che la fortuna e la sottoscritta tendono a schifarsi. La fortuna, però, è riuscita comunque ad avvicinarsi a me prendendo le spoglie del privilegio.

È stato, dunque, un privilegio incontrare, conoscere e collaborare con Marilena Rossi e Valeria Pascone, alle quali va la mia profonda gratitudine: senza il loro tocco delicato e rispettoso il libro non sarebbe così bello.

È stato un privilegio avere come mentori Roberto Ferrucci e Simona Vinci, grazie a loro ho trovato la mia strada.

Grazie alla scuola Belleville, all'Atelier di scrittura di Helvetia Editore, alla scuola di lettura e scrittura Walter Tobagi di Mestre e a Minimum Lab, luoghi che forse non mi garantiranno il successo come scrittrice, ma che sicuramente mi hanno insegnato a diventare una lettrice consapevole.

Grazie a Laura Liberale, Heman Zed, Annalisa Bruni, Giorgia Simoncelli e Carola Susani, scrittori, maestri e amici; ai poeti Anna Toscano e Gianni Montieri, ai quali devo l'esperienza pazzesca del pitch alla Biblioteca San Giorgio di Pistoia.

Grazie a Irene e Miri che, in qualsiasi luogo siano, staranno certamente brindando con le bollicine. Amiche mie, mi mancate così tanto!

Grazie ai miei fratelli Fabio e Igor, alla mia bellissima nipote Aly, a Claudia e a Stefania.

Grazie alle Sociopatiche, a Federica, a Rosy, a Adal e Mary, a Gabriele, Luca, Elena e Andrea, a Federico e Ilaria, miei amici e primi sostenitori: scusatemi se spesso sono stata una pigna.

Un sentito grazie a Giada, che per anni ha ascoltato con pazienza il mio fiume in piena e che mi ha ispirato il personaggio della psicologa. Con il suo aiuto e conforto ho superato bufere impensabili.

Grazie a Mauro che c'è sempre, nonostante tutto, nonostante me, assecondando le mie follie.

Grazie anche a coloro che non ci hanno mai creduto. Anzi no, voi andatevene pure a quel paese.

Mollare non è un'opzione. Mai.

Marilena e Valeria, vansé un spriss al Select.

PEFC
PEFC/18-32-03

Certificato PEFC
Questo prodotto è realizzato con materia prima da foreste gestite in maniera sostenibile e da fonti controllate
www.pefc.it

Mondadori Libri S.p.A.

Questo volume è stato stampato
presso ELCOGRAF S.p.A.
Stabilimento - Cles (TN)

Stampato in Italia - Printed in Italy